SHERLOCK BONES

LA MALEDIZIONE DELLA MASCHERA DEL FARAONE

Testi di Tim Collins
Illustrazioni di John Bigwood

EDICART

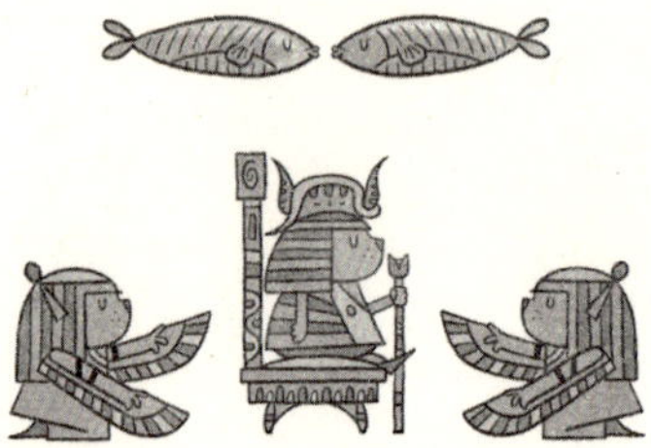

Benvenuto

Sherlock Bones e la dottoressa Jane Catson sono famosi in tutto il mondo per le loro doti investigative. Catson annota ogni singolo caso, regalandoci un resoconto tutto da leggere delle loro avventure.

Sherlock Bones

Sherlock Bones è il più grande detective di tutti i tempi. Non si tira mai indietro di fronte a un enigma e risolve sempre i casi.

Jane Catson

La dottoressa Jane Catson è immancabilmente al fianco di Sherlock Bones nella lotta al crimine. È sempre pronta a balzare in azione davanti a un subdolo criminale.

E tu sei pronto ad aiutarli a risolvere il loro caso più difficile? Nel corso della storia troverai tanti enigmi in cui mettere alla prova le tue abilità di detective. Se rimani impantanato, niente paura: trovi tutte le soluzioni alla fine del libro, a partire da pagina 169. Oppure, se preferisci, puoi semplicemente leggere la storia e goderti l'avventura, e a risolvere gli enigmi ci penserai dopo. Buona fortuna!

Capitolo Uno

Ma dov'era finito Hastings? Il mio vecchio amico ci aveva dato appuntamento davanti al caffè nella piazza del mercato, ma non si era ancora fatto vivo.

C'erano centinaia di gatti accalcati attorno alle bancarelle del cibo, ma neanche uno che gli assomigliasse. Iniziavo a chiedermi se sarei riuscita a riconoscerlo dopo così tanto tempo.

Non vedevo Hastings da dieci anni, da quando si era trasferito in Egitto per aprire un negozio d'antiquariato. Gli avevo scritto subito dopo aver prenotato, insieme a Sherlock Bones, la vacanza al Miairo, una grande città sul fiume Nilo, ed ero stata felicissima quando aveva risposto, dicendoci dove incontrarlo.

Eppure di lui non c'era traccia. Avevo sbagliato l'ora?

Bones se ne stava accanto a me, a zampe conserte.

«Dev'essere qui da qualche parte» dissi. «Tieni gli occhi ben aperti.»

Alzai la zampa per ripararmi il muso dal sole abbagliante e mi guardai intorno.

«I miei occhi sono sempre aperti, Catson» replicò Bones. «Non mi sfugge niente. Vedi quello sciacallo?»

Indicò un animale che si stava avvicinando a una bancarella di frutta, poco lontano da noi. «Dalle chiazze di pelo liscio sotto gli occhi, posso dirti che di solito porta gli occhiali; oggi però non li ha. Credo se li sia dimenticati, e dubito che finirà bene.»

Un attimo dopo, lo sciacallo si schiantò contro la bancarella, facendo rotolare per terra arance e mele. Il proprietario, una zebra, lo fulminò con lo sguardo.

«Che ti dicevo?» disse Bones.

Sospirai. Bones è il miglior detective del mondo e adora scovare indizi. Speravo però che ci avrebbe dato un taglio mentre eravamo in vacanza.

«Davvero impressionante» commentai. «Ma devi cercare Hastings. Avevo il pelo molto più lungo l'ultima volta che ci siamo visti: potrebbe passarmi accanto senza notarmi.»

«In tal caso, forse dovresti guardare alla tua sinistra» replicò Bones. «C'è un gatto con un completo bianco che sembra uscito dalla sartoria Bauer di Londra. Senza dubbio

Puoi aiutare Catson a individuare Hastings tra la folla? È l'unico gatto con una giacca bianca a tinta unita.

un tempo viveva nella nostra grande città.»

Mi voltai. In effetti Hastings era proprio lì vicino ad aspettarci. Aveva il pelo più grigio e le guance più paffute, ma era sempre lo stesso gatto accanto a cui mi sedevo durante le lezioni di storia felina. Indossava un medaglione d'oro con raffigurato un occhio di gatto, che sfolgorava al sole mentre si avvicinava.

«Hastings!» esclamai.

«Catson! Non sei cambiata per niente!» replicò lui col suo vocione profondo, stringendomi a sé. Il medaglione mi premette sul petto.

Mi lasciò andare e afferrò la zampa di Bones.

«E lei dev'essere il famoso amico di Jane» disse. «Che ci creda o no, la sua fama la precede fin quaggiù. Arrivano persino qui le copie della Gazzetta del Mastino».

«Un giornale buono giusto per rivestirci le lettiere» commentò Bones.

Fuori dal caffè, ampi ombrelloni bianchi riparavano dal sole dei grandi tavoli. Hastings ci fece accomodare e schioccò le dita. Il cameriere, una gazzella, si precipitò da noi e ci versò dei bicchieri d'acqua, mentre i suoi tre assistenti suricati si allineavano dietro di lui.

«Buondì, Ibby» disse Hastings. «Prendiamo il menu extra-large.»

Il cameriere se lo scarabocchiò sul taccuino e trotterellò via, seguito dagli assistenti.

Mi scolai l'acqua. Sentivo talmente caldo che mi sembrava di avere il cervello in ebollizione.

«Allora, come va la vita al Miairo?» chiesi.

Hastings fece un cenno verso la piazza gremita davanti a noi. Asini, impala e okapi si aggiravano pesanti, mentre cani in pantaloncini corti e gatti con tuniche nere serpeggiavano tra loro.

«E me lo chiedi?» disse. «Guarda quanta vita c'è in questa città. Non ci si annoia mai. E abbiamo un tempo meraviglioso tutto l'anno.»

Capivo perché al mio amico piacesse così tanto: da noi il cielo riusciva a rimanere grigio per intere settimane; qui invece potevo stendermi al sole ogni santo giorno.

«In più, mi piace lavorare nel campo dell'antiquariato» disse Hastings. Sorrise e si appoggiò allo schienale della sedia. «Pare che io abbia un certo talento nel trovare oggetti antichi e di valore.»

Ricomparve il cameriere e posò sul tavolo piatti fumanti, mentre il suo staff si affannava dietro di lui.

«Mangiamo!» disse Hastings. «Buon appetito! Questo è uno dei ristoranti migliori della città.»

Mi versai nel piatto una cucchiaiata di cuscus per gatti

Usa la legenda per sommare i punti di ogni piatto. La pietanza con il punteggio più alto è quella più piccante.

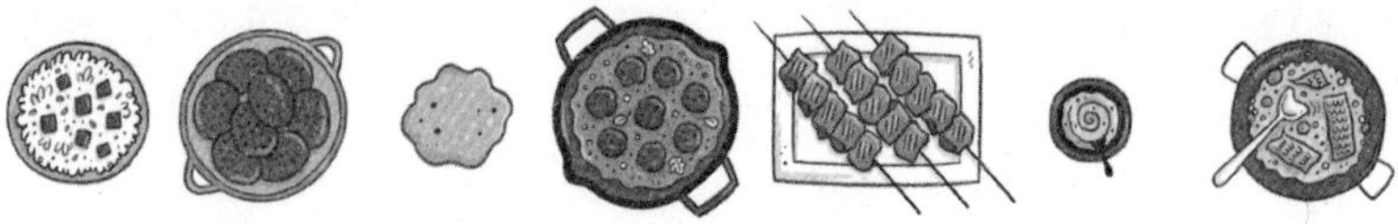

1 punto 2 punti 3 punti 4 punti 5 punti 6 punti 7 punti

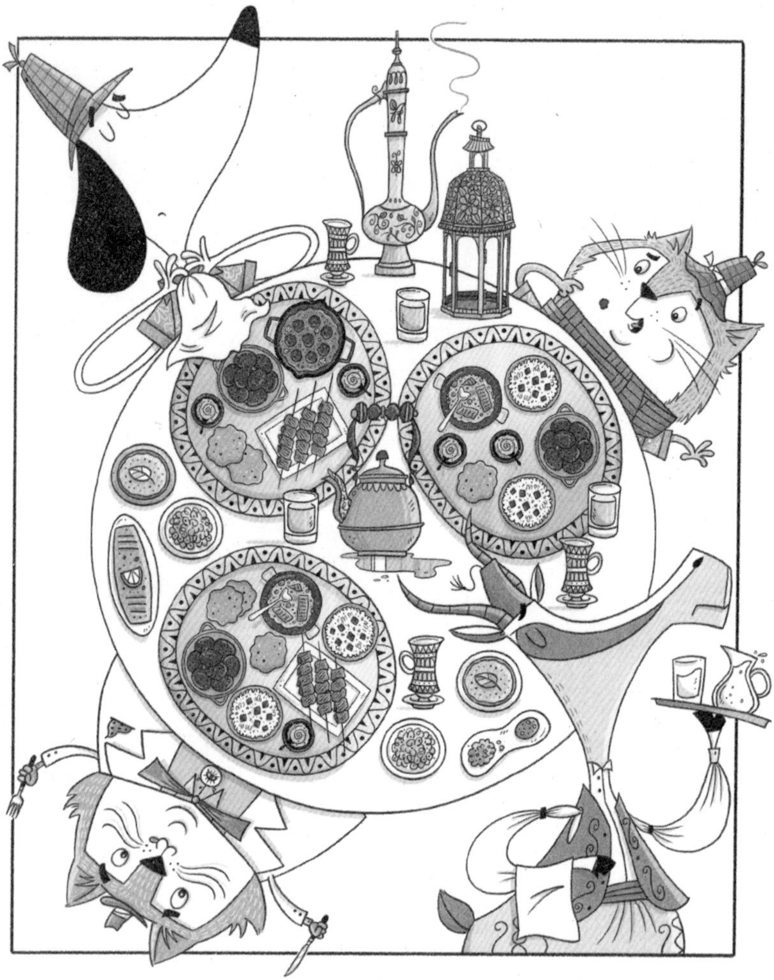

e lo assaggiai. Il mix di bocconcini di tonno, gelatina e peperoncini tritati era delizioso, ma presto l'interno della mia bocca divenne rovente come il resto del corpo.

Bones depose e spalmò qualche pezzo di pollo grigliato e cipolla su una fetta di pane azzimo e diede un morso.

Poi scrutò Hastings. «Ha delle braccia molto forti per essere un antiquario. E artigli belli affilati. Sulla punta hanno delle macchioline di vernice dorata.»

Lanciai un'occhiataccia a Bones.

«La smetti di esaminare tutti quanti?» sibilai. «Siamo in vacanza.»

Hastings scoppiò in una grassa risata e diede una gran zampata al tavolo, tanto da far rimbalzare i piatti.

«Non preoccuparti» disse. «È un piacere vedere all'opera il grande Sherlock Bones. È vero che devo tenermi in forma per lavoro: mi tocca sollevare tavoli, letti e statue, oltre a oggetti più piccoli. Quanto agli artigli, li uso per togliere la polvere dai manufatti preziosi.»

Assaggiai un po' di spezzatino di salmone. Era gustoso e piccante proprio come l'altro piatto.

«Ma basta parlare di me» continuò Hastings, tornando a guardami. «Cosa vi ha spinti a venire fin qua?»

«Siamo solo in vacanza» risposi. «Ogni tanto anche i detective hanno bisogno di una pausa.»

«Beh, c'è così tanto da vedere qui» disse Hastings sfoderando un gran sorriso. «Posso mostrarvi i templi, la piscina e i tiragraffi reali. Sapevate che abbiamo il museo dei gomitoli più grande del mondo? Ci si può stare un giorno intero là dentro, dietro a tutti quei fili.»

Il museo sembrava davvero spassoso. Una volta, a casa avevo trovato una matassa di fili di lana dietro il divano e mi ci erano volute otto ore per districarla.

«Mi sa che non avremo tempo per simili svaghi» rispose Bones. «Stasera ci imbarchiamo sul Nilo per visitare la tomba di re Tutangatmon.»

La bocca di Hastings si incurvò in una smorfia. Fissò gli occhi verdi su Bones.

«Se fossi in voi starei alla larga da lì» ci avvertì. «Lasciate perdere il vostro viaggio.»

Non volevo essere scortese con il mio vecchio amico, ma non lo avremmo cancellato nemmeno per idea. Da quando la tomba e la maschera d'oro dell'antico gatto faraone erano state scoperte qualche mese prima, morivamo dalla voglia di dare un'occhiata.

«Abbiamo fatto tanta strada per vederla» replicai. «Non possiamo tornare indietro proprio ora.»

Hastings si protese verso di me.

«In questo caso ti devo dire la verità» ribatté. «Quel posto è maledetto. Chiunque entri nella tomba e fissi la maschera sarà perseguitato dalla sfortuna... per sempre.»

Hastings si interruppe e si guardò furtivamente attorno.

«Si dice anche che la mummia di Tutangatmon tornerà in vita per vendicarsi degli intrusi» bisbigliò. «Volete sul serio correre questo rischio?»

Capitolo Due

Quando più tardi nel pomeriggio raggiungemmo il porto, ero ancora preoccupata per le parole di Hastings. Non è mia abitudine dar retta a storielle su antiche maledizioni, ma questa me l'aveva raccontata un vecchio amico fidato e mi turbava davvero. Continuavo a immaginare un gatto avvolto in bende emergere da un sarcofago polveroso.

Appoggiai a terra il borsone pesante e mi stiracchiai le zampe dolenti. Alla nostra sinistra c'era una sala d'aspetto, a destra una piccola stazione di polizia e davanti a noi un pontile che si allungava sul fiume. E proprio in fondo era attraccata la nostra nave.

Era una bellissima imbarcazione a tre piani con una gigantesca ruota a pale nella parte posteriore e due fumaioli in alto. Il ponte inferiore era fiancheggiato da una fila di cabine, quello centrale ospitava un'ampia stanza coperta

Riesci a capire, in base alla descrizione nella pagina precedente, su quale nave si stanno imbarcando Bones e Catson?

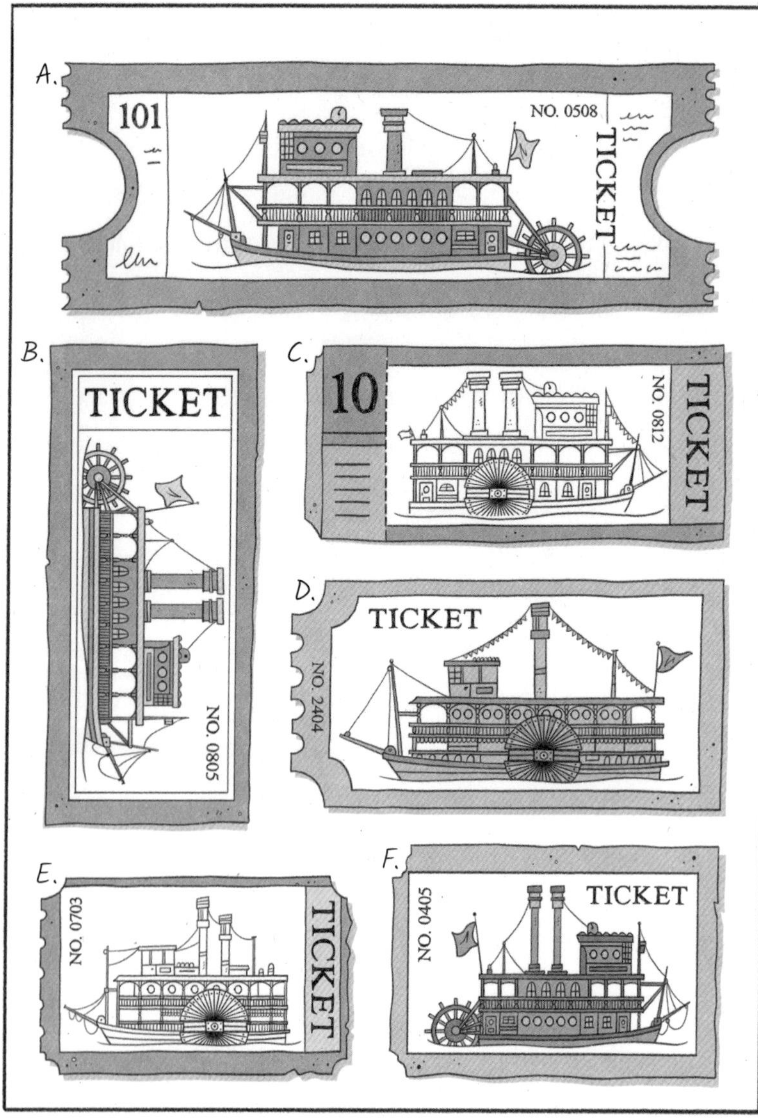

circondata da una passerella, mentre la sommità era costituita dalla timoniera, da dove il comandante manovrava la nave.

«Pensi davvero che dovremmo andarci?» chiesi a Bones. «Non potremmo invece passare una settimana a visitare la città?»

Bones ridacchiò.

«Mia cara dottoressa Catson» disse. «Mi sa tanto che il tuo amico ti ha spaventata per bene. E io che ti credevo una gatta di buon senso.»

«Ma no, non c'entra la maledizione» replicai. «Pensavo solo che dovremmo andare al museo dei gomitoli. A chi non piacciono i gomitoli?»

Bones indicò una fila di animali sul pontile. C'erano un ippopotamo, un bisonte, un leone e due panda.

«Guarda tutti gli altri passeggeri» disse. «Se loro sono abbastanza coraggiosi da intraprendere il viaggio, di sicuro puoi esserlo anche tu, no?»

L'ippopotamo, che era una lei, indossava un cappotto rosa di pelo ed era circondato da un set di otto valigie. Il bisonte aveva un cappello alto a tesa larga e se ne stava con le zampe sui fianchi. Il leone portava una giacca marrone chiaro e pantaloncini abbinati. I panda avevano entrambi un cappello di paglia e gli occhiali da sole. Avevano tutti l'aria da turisti qualsiasi e non da animali pronti a mettersi in serio pericolo.

Una cammella scese dalla nave e sganciò la corda della passerella. Aveva una giacca scura e una borsa a tracolla.

«Benvenuti!» esclamò. «Io sono Laila, il vostro comandante. Tenete i biglietti in vista, per favore!»

L'ippopotamo si fece avanti e sventolò il biglietto in faccia a Laila, che lo strappò e portò sulla nave due delle sue valige. Probabilmente Laila si aspettava che la turista prendesse da sé il resto dei bagagli, ma quella li lasciò dov'erano e la seguì a bordo.

Non avevo idea del perché le servissero così tante borse. Bones e io ne avevamo solo una a testa, per i vestiti e i libri, oltre a uno zainetto per le gite di un giorno: nel mio tenevo una borraccia e biscotti per gatti in caso di emergenza, mentre Bones si portava dietro il taccuino, la torcia e la lente di ingrandimento.

Fu quindi il turno dei panda, che non dissero una parola e a malapena guardarono Laila mentre si imbarcavano.

Iniziavo a preoccuparmi che i nostri compagni di viaggio fossero tutti scortesi, ma il bisonte che salì dopo di loro si rivelò un gran chiacchierone. Si rifiutò di farsi portare i bagagli da Laila e si lanciò in un discorso su quanto fosse stato lungo il viaggio per arrivare fino in Egitto.

Poi Laila accompagnò il leone e lui le

chiese se la nave fosse mai affondata e dove si trovassero i giubbotti di salvataggio. Alla fine tornò indietro per noi, per portarci nella cabina numero quattro, sul lato opposto della nave.

La cabina aveva un piccolo oblò. Ai lati erano disposti due lettini stretti, e davanti alla parete di fronte alla porta c'era uno scrittoio.

Gettammo i bagagli sui letti e seguimmo Laila su per una serie di gradini fino al secondo ponte e quindi nella grande sala coperta, piena di tavoli e sedie. Un'ulteriore rampa di scale sul retro portava alla timoniera, mentre a sinistra c'era un alto armadio.

Gli altri passeggeri si stavano già rilassando sulle sedie. Sorseggiavano acqua dai bicchieri, eccezion fatta per il bisonte, che usava una coppa d'oro.

Io e Bones prendemmo posto a destra della porta.

«Si parte!» esclamò Laila. Mise la borsa a tracolla in cima all'armadio e marciò su per le scale. La sentii tirare qualche leva di metallo. Poi il vapore uscì fischiando dalle ciminiere alte sopra di noi e la nave cominciò ad avanzare lentamente lungo il fiume. Noi passeggeri ci fissavamo in silenzio. Mi chiedevo come fare per rompere il ghiaccio.

Fortunatamente, il bisonte mi precedette. Si chinò verso i due panda seduti vicino a lui e porse lo zoccolo.

«Salve, io sono Teddy, ma forse mi conoscete come il Re degli Asciugapellicce» prese a dire. «Ho cominciato con un negozio in Oklahoma e ora ne gestisco trenta in tutto il Midwest americano. Devo dire che le vostre pellicce sono belle voluminose, e probabilmente siete soddisfatti della vostra attuale routine per la cura del pelo, ma scommetto che se date una possibilità al nuovo Pelliccia Sonic 5200 non tornerete più indietro.»

Uno dei due panda afferrò il suo zoccolo e gli diede una stretta debole. «Io sono Annabelle» rispose. «E lui è mio marito Gerald.»

Poi entrambi i panda si voltarono dall'altra parte e non dissero più nulla. Ma Teddy non sembrò turbato dalla loro maleducazione: passò semplicemente all'ippopotamo e ricominciò da capo.

«Mi rendo conto che non ha molta pelliccia» le disse. «Quindi potrebbe non aver troppo bisogno dei miei prodotti. Ma di amici pelosi ne avrà: ha mai pensato a che idea perfetta sarebbe per loro? Magari è alla ricerca di un regalo di Natale per un ghepardo o di pensierino di compleanno per una mangusta...»

«Sono lady Florence Pantaning, io» disse l'ippopotamo. «E muoio di caldo. Vammi a prendere il ventaglio. È nella cabina numero uno.»

Osserva attentamente per due minuti le foto dei vari passaporti, poi gira la pagina e metti alla prova la tua memoria.

Guarda per due minuti le foto dei passaporti nella pagina precedente, poi rispondi alle seguenti domande:

1. *Quanti passeggeri indossano un cappello?*
2. *Chi porta la collana: Florence o Annabelle?*
3. *Il panda Gerald ha una camicia a fiori: vero o falso?*
4. *Un personaggio ha gli occhi chiusi. Ricordi quale?*
5. *Il leone Walter sembra emozionato o nervoso?*
6. *Quale personaggio ha i baffi: Teddy o Gerald?*

Ignorando la sua richiesta, Teddy passò al leone.

«Io sono Walter» si presentò il leone. Aveva un grande anello d'oro e mentre parlava se lo rigirava intorno al dito. «Ma non uso gli asciugapellicce, perché ho sentito dire che possono esplodere e bruciarti il pelo.»

Teddy si lanciò allora in un discorso sulle nuove caratteristiche di sicurezza della sua gamma, e infine passò a noi. Stavo aspettando un'occasione per interromperlo, ma presto si interruppe da solo.

«Ehi, ma sì, voi siete Sherlock Bones e la dottoressa Catson!» esclamò. «Siete finiti sull'Oklahoma Times quando avete trovato il medaglione della Contessa di Morsiter. E io lo so perché avevo messo un annuncio a tutta pagina in quello stesso numero per il mio Asciugapellicce Lacrime-Stop Junior.»

«Un caso semplice» replicò Bones. «Mi sorprende che lo abbia trovato interessante.»

Walter si stava rannicchiando dietro le zampe, con la criniera tremolante, e sbirciava tra le dita malferme.

«Intende dire che siete detective?» chiese. «Su cosa state indagando? Siamo in pericolo?»

Bones si mise a ridere.

«Sfortunatamente no» rispose. «Siamo qui solo in vacanza. Ma se dovesse succedere qualcosa, saremo felici di aiutare.»

«Che significa "qualcosa"?» chiese il leone. «Saremo aggrediti da rapinatori? Pensa che ci strattoneranno per la coda?»

Vedevo che il poveretto si stava agitando, così mi avvicinai a lui. Dietro di me, sentivo Teddy raccontare a Bones della sua nuova gamma di asciugapellicce.

«Non ha motivo di preoccuparsi così» dissi.

Il leone guardava fuori dal finestrino e faceva respiri superficiali.

«Mi spiace» rispose infine. «Sono solo un po' nervoso. Mentre ero al Miairo ho sentito per caso un bel po' di animali dire che c'era una maledizione sulla tomba di Tutangatmon. Mi sono spaventato così tanto che per poco non cancellavo il viaggio.»

Un brivido mi scese lungo la spina dorsale e la coda. Proprio quando cominciavo a dimenticarmi della maledizione, eccola di nuovo qui.

«Anch'io ho sentito tutte quelle sciocchezze» replicai cercando di sembrare salda e sicura di me. «Non le ascolti.»

Il leone mi guardò con gli occhi spalancati.

«Ho provato a non crederci» disse. «Ma ieri notte ho

sognato un gatto avvolto da bende che usciva fuori da un sarcofago. E con voce d'oltretomba mi diceva di stare alla larga.»

Sentii il pelo che mi si rizzava. Era l'immagine esatta che avevo avuto in mente per tutto il pomeriggio.

«È solo uno stupido sogno» affermai. «Non accadrà nulla di brutto.»

D'un tratto udimmo un forte colpo sotto di noi e la nave ondeggiò fino ad arrestarsi. Florence urlò e lasciò cadere il bicchiere, che si frantumò in mille pezzi intorno ai suoi piedi.

«La maledizione!» strillò Walter, rannicchiandosi dietro alle zampe. «La maledizione ci ha già colpiti!»

Capitolo Tre

Laila corse giù dalla timoniera.

«Chiedo scusa a tutti» esclamò, superandoci al volo. «Problemi al motore. Un attimo di pazienza e risolvo, tranquilli.»

Florence indicò i vetri ai suoi piedi.

«Pulisci qui!» ordinò. «Poi portami un'insalata d'erba. Sto morendo di fame.»

Laila la ignorò e si precipitò fuori dalla porta in fondo alla sala.

«Che maleducata» disse Florence. «Ma non mi ha sentita?»

Scrutò la stanza, poi fissò gli occhi su di me. «Tu!» esclamò. «Gatta. Quando si mangia?»

«Sono sicura che non manchi molto» risposi, poi afferrai Bones e lo riportai giù in cabina prima che quella potesse nominarci suoi servi.

«Mi dispiace averti lasciato col bisonte» dissi. «Sembrava ti stesse illustrando ogni singolo prodotto.»

«L'ho trovato un tipo alquanto interessante» replicò Bones. «Sa con precisione quanto ci mette la pelliccia di ogni

animale ad asciugarsi. È il genere di dettaglio che potrebbe rivelarsi utile in un caso.»

Aprii la borsa e tirai fuori una copia della rivista *Miao!*. Non vedevo l'ora di scoprire cosa stessero combinando le mie star preferite.

«Lascia stare il lavoro» dissi, iniziando a sfogliarla. «Non hai portato niente da leggere tu?»

«Certo» rispose Bones.

Sbloccò la valigia e tirò fuori il *Dizionario dei geroglifici egizi*, *il Grande libro delle società criminali segrete* e l'*Enciclopedia degli escrementi animali*. Nessuno di quei libri sembrava una spassosa lettura da vacanza.

Tornammo poi su per le scale e ci sistemammo su due sdraio in fondo alla passerella. Sulla riva opposta si susseguivano palme da dattero e casette bianche, mentre montagne scure si stagliavano in lontananza. Una coppia di giovani coccodrilli uscì da una delle case e ci salutò agitando le zampe e schioccando i denti.

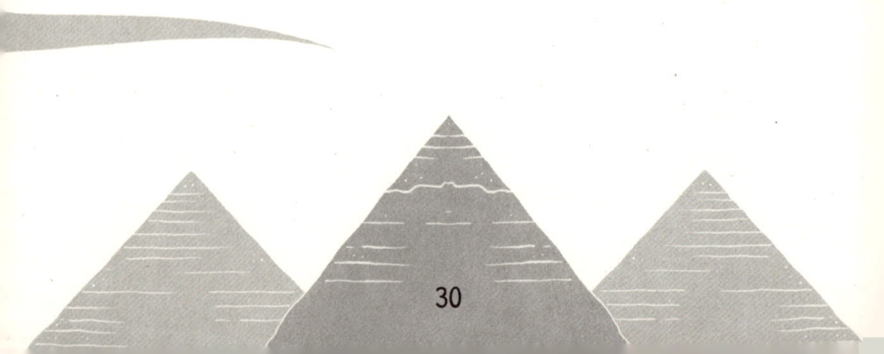

Provai a concentrarmi sulla rivista di gossip. A quanto pareva, l'attrice Ginger La Marr aveva comprato una nuova villa con quindici gattaiole dorate, mentre la coppia di panda Lily Blossom e Wade Power, famose stelle del cinema, era scomparsa dal set del loro ultimo film.

Di solito adoravo questo genere di pettegolezzi, ma non riuscivo a smettere di preoccuparmi della maledizione. Due animali diversi me ne avevano parlato. Stavamo andando dritti verso le grinfie di un antico demonio non-morto?

Quando Teddy zoccolò da noi, fui grata della distrazione. Venne a mostrarci il suo calice dorato, inciso tutt'intorno con immagini di antichi re felini.

«Guardate cos'ho preso al Miairo» esclamò. «È un'autentica coppa dell'epoca di Tutangatmon. Secondo voi quanto l'ho pagata?»

Bones tirò fuori la lente d'ingrandimento e si mise a scrutare il calice.

«Vediamo un po'» mormorò. «Ha i bordi dritti e una base

Ecco il calice di Teddy. Riesci a capire quali ingrandimenti non corrispondono alle immagini sul calice?

regolare. È ricoperto di vernice oro e quei disegni sono stati intagliati con un artiglio affilato appena qualche giorno fa. Direi che chiunque l'abbia venduta, le ha fatto credere che valesse più di mille sterline egiziane, ma gliel'ha lasciata per cinquanta.»

«Parli più forte» esclamò Teddy, con la zampa dietro l'orecchio. «Non la sento.»

Lanciai un'occhiataccia a Bones, che mise via la lente d'ingrandimento.

«Mille sterline egiziane» affermai. «Non può averla pagata meno.»

«Sbagliato» ribatté Teddy. «L'ho pagata solo cinquanta. Però ha ragione, ne valeva un bel migliaio. Ma se qualcuno sa come fare un affare, beh, quello sono io.»

Teddy alzò il calice, e i raggi obliqui del sole ne illuminarono la superficie. Vero o falso che fosse, era piuttosto bello e mi faceva piacere che lui ne fosse soddisfatto.

«Per caso l'ha comprato da un antiquario che si chiama Hastings?» domandò Bones.

«Proprio lui» rispose Teddy. «Come faceva a saperlo?»

«L'ho incontrato oggi» borbottò Bones. «E ho notato delle macchie di vernice fresca dorata sui suoi artigli.»

Teddy sembrava perplesso.

«È un mio vecchio amico» intervenni, pestando il piede

a Bones. «È il miglior antiquario del paese. Ha fatto bene a strappargli un affare.»

Teddy fece un gran sorriso e andò a mostrare il calice ad Annabelle e Gerald, seduti dall'altra parte del ponte. I panda lo ignorarono, rifiutandosi di indovinare quanto avesse speso.

«Ora capisco come mai il tuo amico ha tutto questo successo» commentò Bones. «Ogni volta che appare un turista ricco, Hastings scopre un altro reperto "inestimabile" nel suo laboratorio.»

Era un peccato scoprire che Hastings stava ingannando i viaggiatori. Ripensandoci, a scuola non era sempre stato il gatto più educato: spesso distraeva gli insegnanti durante le lezioni muovendo il riflesso del suo orologio sui muri e una volta rovinò la cena di Natale mettendo l'erba gatta nella torta.

«Secondo te dovremmo segnalarlo alla polizia?» domandai.

«Dubito che gliene importerebbe» rispose Bones. «Hanno problemi più grandi di qualche turista benestante che paga troppo per delle cianfrusaglie.»

Rimasi segretamente sollevata di non dover denunciare Hastings. Mi sarei sentita una traditrice, per quanto la sua attività fosse disonesta.

Era comunque una buona notizia che non dicesse sempre

la verità: forse stava mentendo anche sulla maledizione. Forse si era inventato tutto per scherzo.

Quel pensiero mi tranquillizzò: riuscii a rilassarmi e a godermi la rivista. Anche Bones sembrava tutto preso dalla sua enciclopedia degli escrementi animali; interrompeva continuamente la lettura per disegnare i diversi tipi di pupù nel suo taccuino.

«Se solo l'avessi avuto prima» disse dopo un po'. «Sapevi che la cacca del gatto del Bengala è più sottile e appuntita di quella del gatto persiano? Poteva esserci d'aiuto nella Foresta Nera quando eravamo sulle tracce di quella banda di rapinatori di banche.»

«La vuoi smettere di pensare al lavoro?» ribattei. «Potremmo non andare più in vacanza per anni.»

Bones sospirò.

«Suppongo tu abbia ragione» rispose. «È solo che niente mi entusiasma quanto un bel crimine. Vorrei che qualcuno ne commettesse uno adesso, così mi tengo occupato.»

«Beh, non succederà» replicai. «Quindi rilassati.»

Un urlo riecheggiò dalla sala alle nostre spalle. Era la voce di Teddy.

«Aiuto!» gridò. «È stato commesso un crimine terribile.»

Capitolo Quattro

Bones si precipitò nella sala con le orecchie dritte.

«Qual è il problema?» chiese.

Teddy indicò uno spazio sul tavolo vicino alla caraffa d'acqua.

«Il mio calice d'oro» disse. «L'ho lasciato qui un momento fa e ora è sparito. Qualcuno deve averlo rubato!»

Le orecchie di Bones si afflosciarono e le spalle si incurvarono.

«Ah, è tutto qui?» domandò. «Non un granché come enigma. La lascerò nelle zampe esperte della dottoressa Catson.» E uscendo mestamente dalla porta tornò fuori.

«Allora?» chiese Teddy. Aveva le zampe incrociate e batteva lo zoccolo sul pavimento.

«Mi dia solo un minuto» replicai.

Bones aveva giudicato il caso così facile da non meritare nemmeno una spiegazione. Cos'era successo quindi?

Decisi di analizzare e risolvere il problema, proprio come avrebbe fatto lui. Nessuno era salito o sceso dalla nave da quando il calice era sparito. Perciò il ladro era a bordo.

Sapevo che né io né Bones l'avevamo preso: rimanevano solo Laila, Walter, Florence, Annabelle e Gerald.

Laila era stata occupata ad aggiustare il motore e probabilmente ne sapeva abbastanza sui manufatti antichi da accorgersi che quel calice non valeva niente.

Chi aveva deciso di rubarlo: il leone, l'ippopotamo o i panda? Teddy era andato in giro a vantarsi del suo valore. Forse uno di loro era diventato così invidioso da decidere di intascarselo.

Si udì un forte stridore sotto di noi mentre il motore si rimetteva in moto. Laila rientrò di corsa. Aveva gli zoccoli e la giacca pieni d'olio.

«È tutto a posto ora» affermò. «Con un po' di fortuna riusciamo a recuperare il ritardo.»

Notò il mucchietto di vetri rotti che Florence aveva lasciato e aprì l'armadio per prendere paletta e scopa.

Mentre la guardavo fare quel gesto mi si accese una lampadina.

«Ci sono!» esclamai voltandomi verso Teddy. «Venga con me.»

Aiuta Catson e Teddy a trovare un percorso attraverso il labirinto di corridoi per raggiungere la cabina 1.

PARTENZA
3
4
2
5
1
6

Lo portai di sotto, sul ponte inferiore, e bussai alla porta della cabina numero uno.

Florence aprì. La sua cabina aveva un letto grande contro la parete di sinistra e uno scrittoio contro quella di fondo. Le valigie erano impilate vicino alla parete di destra e lì in mezzo aveva buttato il calice.

«Mi avete portato l'insalata d'erba?» domandò.

Teddy la scansò per oltrepassarla e afferrò il calice.

«Me lo riprendo» disse.

«Finalmente qualcuno è venuto a portar via il bicchiere sporco» replicò Florence. «A questo punto potete farmi il bucato. Mi sarei aspettata un servizio più efficiente su una crociera di lusso.»

«Credo che lei abbia un'idea di lusso diversa dalla nostra» ribattei. «Qui non ci sono servitori alle dipendenze sue o di qualcun altro. E non può prendere tutto quello che vede in giro. Alcune cose, come questo calice d'oro, appartengono ad altri.»

Attendevamo sull'uscio, aspettandoci delle scuse.

«Non essere ridicola!» esclamò Florence. «E portami la mia insalata d'erba. Non farmelo ripetere ancora.» E ci sbatté la porta in faccia.

Risalimmo le scale.

«Grazie per aver risolto il mistero» mi disse Teddy. «Sto pensando di vendere questo calice, una volta a casa. Potrei darle una percentuale come ricompensa.»

«Non si preoccupi» risposi, sapendo che la ricompensa sarebbe stata una miseria, a meno che non avesse trovato qualcuno ingenuo quanto lui.

Tornai a sedermi accanto a Bones.

«Tutto risolto, a quanto pare» commentò lui. «È un peccato, comunque. Speravo in un crimine più complicato.»

«Forse ne avrai uno» replicai. «Prima o poi qualcuno butterà in mare quell'ippopotamo.»

Laila attraccò sulla riva poco dopo le nove di sera, e tornammo tutti nelle cabine a dormire.

Quando mi svegliai il mattino seguente, ci stavamo muovendo di nuovo. Andai sulla passerella fuori dalla sala e trovai Bones e gli altri che scrutavano in lontananza. Seguii i loro sguardi e vidi tre triangoli spuntare all'orizzonte.

Erano le Grandi Piramidi, le uniche meraviglie antiche del mondo animale ancora esistenti.

Dovetti sbattere gli occhi per scacciare le lacrime mentre

Riesci a trovare otto differenze tra la scena della piramide e il suo riflesso nel fiume?

ammiravo il possente lavoro dei gatti antichi. Migliaia di anni fa, mentre il resto del mondo non aveva ancora nemmeno inventato i bastoni da riporto per cani, i felini d'Egitto stavano creando queste strutture meravigliose.

«Io non mi avvicinerei mai a quelle piramidi» disse Walter. «All'interno devono esserci delle mummie spaventose.»

«È solo la prova di quanto gli standard si siano abbassati» replicò Florence. «Gli antichi faraoni si facevano costruire dai sudditi quelle robe gigantesche, e io non riesco nemmeno a farmi portare un'insalata d'erba decente.»

Presto gli altri si allontanarono, io invece rimasi sul fianco della nave a guardare, fino a quando i monumenti dei grandi gatti diventarono dei minuscoli punti all'orizzonte.

Ci stavamo avvicinando alla Valle dei Gatti, il luogo di riposo degli antichi gatti faraoni, e l'accenno di Walter alle mummie mi aveva di nuovo fatto tremare la pelliccia. Afferrai saldamente il corrizampa mentre riflettevo su quanto avremmo potuto trovare all'interno delle tombe.

Ma mi dissi di prendere ispirazione dai grandi costruttori felini del passato: se loro riuscivano a essere abbastanza forti da trascinare immensi blocchi nel caldo mostruoso del deserto, di sicuro io potevo essere abbastanza coraggiosa da sbirciare dentro un sarcofago.

Capitolo Cinque

Laila fermò la nave davanti a una vasta pianura polverosa. In lontananza si ergevano due file di colline rocciose, in mezzo alle quali si allargava la Valle dei Gatti, che ospitava le tombe degli antichi faraoni.

Laila aprì il cancelletto e abbassò la passerella di legno verso la riva. Gli altri animali fecero per avvicinarsi, ma lei bloccò la strada e batté gli zoccoli per ottenere l'attenzione di tutti.

«Benvenuti nella Valle dei Gatti» disse. «Passeremo il resto della giornata qui. Adesso è l'una del pomeriggio: vi voglio tutti indietro e pronti a ripartire alle sei. Ok?»

Estrasse l'orologio dalla borsa a tracolla e lo sollevò.

«Alzate anche voi gli orologi, così so che li avete» continuò a dire.

Bones tirò fuori il suo dal taschino della camicia e lo alzò. Teddy e Walter mostrarono i rispettivi orologi da polso. Annabelle e Florence frugarono indispettite nella borsa.

«Ottimo» esclamò Laila. «Così non avete scuse per non tornare qui con il resto della comitiva.»

Riesci ad abbinare ogni personaggio
al suo orologio usando questi indizi?

- Gli orologi di Florence, Walter e Laila hanno i numeri in cifre.

- Gli orologi di Sherlock e Teddy hanno i numeri romani.

- L'orologio di Teddy ha un cinturino largo.

- L'orologio di Gerald e Annabelle non ha né numeri romani né numeri in cifre.

- L'orologio di Florence ha un cinturino molto più sottile rispetto a quello di Walter.

- Laila ha un orologio da taschino.

A.

B.

C.

D.

E.

F.

Indicò la valle.

«Ci sono dodici tombe vuote» disse. «Potete esplorarle liberamente: tutto quel che contenevano è stato rubato da un pezzo. La tomba di Tutangatmon invece è piena di oggetti fragili e di valore, perciò la visiterete in un unico gruppo con Ahmet, il responsabile del sito. Eccolo qui.»

Indicò un gatto grigio con un completo marrone che si aggirava per la pianura. Aveva occhiali tondi e baffi curati.

«Salve!» esclamò Ahmet. «Lasciate che vi accompagni subito alla tomba di Tutangatmon, visto che siamo già tutti insieme in gruppo.»

Laila si spostò dalla passerella, e Florence si spinse subito davanti a Teddy, che borbottò in malo modo e scese per secondo. Annabelle e Gerald li seguirono, poi toccò a noi, mentre Walter fu l'ultimo.

Ahmet ci condusse attraverso la pianura e verso la valle. Il sole era ancora più caldo che al Miairo e io dovetti fermarmi continuamente per bere dalla borraccia.

Mentre ci avvicinavamo alla prima altura, sentii Walter ululare dietro di noi.

Mi domandai se si fosse piazzato su una roccia, e invece quando mi girai vidi che si era raggomitolato su sé stesso e stava tremando per terra.

«Non possiamo entrare» piagnucolò. «Se guardiamo la

maschera del faraone saremo maledetti.»

Ahmet si sistemò gli occhiali e tornò indietro da lui.

«Non c'è nessuna maledizione» affermò. «È solo una stupida storia inventata. La maschera del faraone è una meraviglia per gli occhi.»

Walter si rimise in piedi e fece qualche passo traballante. Ma poco dopo si fermò di nuovo.

«È inutile» disse. «Non posso continuare. Voialtri andate pure avanti, se ne avete il coraggio. Io rientro sulla nave.»

Si voltò e tornò indietro tutto mogio. Per un attimo pensai di fargli compagnia: almeno così non c'era possibilità che una mummia mi perseguitasse. Ma sapevo che Bones mi avrebbe rinfacciato all'infinito la mia codardia.

«Che strano animale» disse Ahmet. «Be', perlomeno così la tomba non sarà troppo affollata.»

Seguimmo un sentiero roccioso nella valle. L'ingresso della prima altura alla nostra sinistra era stretto e scavato nella roccia.

«Questa era la tomba della regina Nefermici» raccontò Ahmet. «All'interno abbiamo trovato statue, gioielli e dipinti di valore inestimabile, ora conservati al museo del Miairo. Dopo aver visitato la tomba di Tutangatmon, potrete curiosare in quelle vuote per tutto il tempo che volete, ma per favore non usate gli angoli bui come se fossero latrine. Non dovrebbe neanche esserci bisogno di dirlo, ma la settimana scorsa sono venuti una marea di cani scalmanati in visita.»

«Se solo fossi stato lì» affermò Bones, malinconico. «Avrei potuto identificare il colpevole dalla forma e dall'odore degli escrementi.»

Anche nella seconda altura alla nostra destra si apriva un varco, sul fianco, ma era sbarrato da una corda e un cartello che intimava: "VIETATO ENTRARE".

Ahmet slegò la corda e ci fece cenno di passare.

«Benvenuti nel luogo di sepoltura di re Tutangatmon» annunciò. «Qualsiasi cosa facciate, non toccate niente, grazie.»

Florence marciò dentro per prima, con le orecchie che raschiavano il soffitto della galleria e ne staccavano piccoli sassolini. Per un attimo temetti che l'intera struttura sarebbe crollata e che saremmo rimasti intrappolati all'interno, alla mercé della mummia.

Teddy, Annabelle e Gerald la seguirono, poi toccò a me e Bones. Fu un sollievo essere al riparo dal sole, anche se all'interno l'aria era parecchio soffocante.

La galleria si allargò quasi subito in una grande stanza con al centro un ampio tavolo in pietra. Sopra al tavolo c'era un sarcofago, e io tremai al pensiero di un antico gatto bendato che saltava fuori.

In ogni angolo di quell'ampio spazio erano state posizionate

Trova i seguenti gruppi di oggetti tra i tesori di Ahmet:

A.

B.

C.

delle lampade, e nella penombra vidi che Ahmet aveva disposto dozzine di vasi, ritratti e statue lungo le pareti.

Aveva anche spazzolato via la polvere dai muri, rivelando immagini di antichi faraoni felini con vesti e copricapi dorati e, più sotto, file di geroglifici, la scrittura pittografica degli antichi gatti.

Nella parete di fronte all'entrata c'era un'enorme statua di pietra di un gatto con una lunga barba e le zampe incrociate sul petto.

«Potete immaginare cos'ho provato quando ho scoperto questo posto» disse Ahmet. «Sono entrato e mi sono reso conto di essere il primo animale che, dopo migliaia di anni, vedeva uno di questi tesori. Molte altre tombe in questa valle sono state saccheggiate da ladri prima che le trovassimo, ma qui era tutto intatto e in perfette condizioni.»

Ahmet si mise a camminare intorno al tavolo.

«Forse la leggenda della maledizione del faraone ha aiutato a tenere alla larga i ladri per tutto quel tempo» spiegò. «Inizialmente i pezzi erano messi davvero tutti alla rinfusa. Ho passato mesi a districare attentamen—»

Ahmet si interruppe e ansimò.

Vicino alla parete posteriore, Florence aveva sollevato uno dei vasi e ne aveva tirato fuori un rotolo di papiro.

Ahmet si precipitò da lei, le strappò il vaso di mano e lo rimise con cautela sulla mensola.

«Non ha sentito quello che ho detto?» urlò. «Non si tocca! Questi reperti sono fragili e devono essere studiati da esperti. Ogni minimo danno sarebbe un disastro.»

«Non troveranno nulla di interessante in questo» rispose Florence, srotolando la pergamena. «Ci sono solo un mucchio di disegni di occhi e uccelli.»

Si lanciò la pergamena dietro le spalle e Ahmet dovette fare un balzo per afferrarla al volo.

«Basta!» strillò, indicando Florence. «Chiaramente non ci si può fidare di lei! Vada all'uscita e non si muova di lì fino a quando non ce ne andremo.»

Florence arrancò fuori, sbuffando indispettita.

Ahmet arrotolò con estrema cura la pergamena e la ripose nel vaso.

«Dov'ero rimasto?» disse. «Ah, sì. Ho passato in rassegna

tutti gli articoli, li ho sistemati e numerati. C'erano tantissime scoperte sorprendenti, ma la più grande di tutte era qui dentro.»

Andò al sarcofago e scostò il pesante coperchio in pietra.

Mi preparai a scattare verso l'uscita se fosse saltata fuori una mummia. Ma non apparve nulla, così mi avvicinai.

La maschera d'oro del faraone era distesa su un letto di stoffa marrone antica. Rappresentava il volto di un gatto regale con un copricapo a strisce e una lunga barba. Nell'oro erano incastonati preziosi gioielli e vetri colorati, a rappresentare i grandi occhi verdi del gatto e le righe del copricapo.

Persino nella luce fioca delle lampade sopra di noi era evidente che la maschera fosse una scoperta sbalorditiva. Era quasi impossibile credere che fosse sopravvissuta intatta per secoli.

«Guardate» sussurrò Ahmet. «Il volto di Tutangatmon.»

«Wow» disse Gerald osservando la maschera attraverso gli occhiali da sole. «Che forza!» Erano le prime parole in assoluto che gli sentivo pronunciare.

Ero così incantata dalla maschera che mi ci volle un po' per notare che mancava qualcosa nel sarcofago.

«Dov'è la mummia del re?» domandai. «L'ha tolta lei?»

«No» rispose Ahmet. «Non c'era traccia di un corpo qui dentro – solo la maschera. Il che è molto insolito».

I miei occhi scattarono subito verso gli angoli bui della tomba, nel caso la mummia fosse fuggita e stesse aspettando di balzarci addosso. Ma mi dissi di smetterla di fare la micina.

«Uno dei ricercatori del museo pensa che questo possa persino non essere il vero luogo di sepoltura di Tutangatmon» spiegò Ahmet. «Potrebbe essere solo un finto sarcofago per depistare i ladri. Se così fosse, posso solo immaginare la maestosità di quello autentico.»

Teddy si avvicinò così tanto alla maschera che vidi il suo muso peloso riflesso sopra.

«Sa, credo che questa maschera starebbe benissimo nell'ingresso di casa mia» affermò. «Anzi, le faccio immediatamente un'offerta di cento sterline egiziane.»

Ahmet lo fulminò con lo sguardo.

«Di cosa sta parlando?» chiese.

«Le sto proponendo un affare» rispose Teddy. «Vedo che vuole giocare duro. Allora mi lancio e alzo l'offerta a duecento.»

«Ma non può mica comprarla!» esclamò Ahmet. «È di valore inestimabile. Significa che non potrebbe permettersela neanche con tutti i soldi del mondo. Trovarla è stata l'esperienza più grandiosa della mia vita, insieme alla nascita dei miei gattini, e quando verrà esposta al museo riempirà di orgoglio l'intera nazione. Ma come può solo pensare che sia in vendita?»

Teddy alzò gli occhi dalla maschera e fissò Ahmet.

«D'accordo» disse. «Ultima offerta, trecento.»

Ahmet rimise a posto il coperchio del sarcofago.

«Basta così» sbottò. «Tutti fuori. Non sono obbligato a condividere i tesori del mio paese con voi stupidi turisti se non voglio.»

Indicò l'uscita, e ci trascinammo tutti fuori, sotto l'intensa luce del sole.

«Cliente difficile» disse Teddy.

Florence, Teddy e i panda passeggiarono lungo il sentiero che portava nel cuore della valle, mentre io e Bones li

seguivamo a una certa distanza.

«Che peccato» gli dissi. «Abbiamo viaggiato per migliaia di chilometri per vedere la maschera e siamo stati buttati fuori per colpa del pessimo comportamento degli altri.»

«Non preoccuparti» replicò Bones. «Mi è venuta un'idea. Non appena Ahmet si allontana, possiamo sgattaiolare dentro per conto nostro e dare un'occhiata come si deve.»

Sembrava un rischio. Se Ahmet fosse tornato e ci avesse scoperti si sarebbe infuriato. Ma avevamo fatto così tanta strada…

«Ok» dissi. «Facciamolo.»

Capitolo Sei

Passammo le due ore seguenti a esplorare le tombe vuote e a controllare se Ahmet avesse lasciato incustodita quella di Tutangatmon: lo vedevamo sempre lì, a fare dentro e fuori in continuazione.

Anche sulle pareti delle altre tombe c'erano disegni di re-gatti e geroglifici. Mentre li passavamo placidamente in rassegna chiesi a Bones cosa significassero.

Nella prima tomba era raffigurato un re-gatto su un trono d'oro circondato dai sudditi, che gli giravano intorno a quattro zampe.

Osserva attentamente le sequenze qui sotto. Quali simboli mancano in ognuna?

«Solo il re poteva camminare eretto nel palazzo reale» spiegò Bones indicando l'immagine. «Tutti gli altri dovevano muoversi carponi in segno di rispetto.»

La seconda tomba mostrava uno dei gatti a quattro zampe deporre dei piccoli cerchi marroni su una bilancia.

«Questi punti marroni rappresentano antichi biscotti per gatti» disse Bones. «Erano fatti con cereali e spezie. Ciascun gatto del regno doveva versarne dodici al re ogni anno.»

«Che cattiveria, però» dissi. «I poveri mici lavoratori dovevano morire di fame mentre i re e le regine si abbuffavano?»

«All'inizio sì» rispose Bones. «Ma re Tutangatmon escogitò un sistema più giusto: metteva da parte i biscotti in una stanza segreta nel palazzo e poi, se c'era una carestia, li distribuiva tra i suoi sudditi fedeli.»

Nella terza tomba c'era un triangolo inciso su una parete. Era suddiviso in quattro strisce orizzontali, e ognuna conteneva animali diversi: quella inferiore mostrava quattro cani, la successiva tre uccelli, quella sopra due gatti, entrambi sulle quattro zampe, e quella in cima un gatto con un copricapo, in posizione eretta.

«Cosa significa quest'immagine?» chiesi.

Bones ringhiò mentre la esaminava.

«L'ho già trovata nelle mie letture. È chiamata "Piramide d'Importanza". È così che gli antichi gatti consideravano il rango degli animali» disse. «I re e le regine in alto, poi i gatti comuni, quindi gli uccelli e infine i cani, in basso. Diciamo che non erano saggi proprio su tutto.»

Tornammo lentamente fuori, alla luce intensa del sole.

«Ma ora basta con quello che credevano i gatti dell'antichità» concluse. «Cerchiamo di tornare alla maschera.»

Sbirciammo indietro verso l'ingresso della tomba di Tutangatmon. Ahmet era fuori e stava esaminando una pergamena.

«Sembra che resterà lì tutto il giorno» dissi.

Una figura alta si stava avvicinando lungo il sentiero. Ahmet posò la pergamena e le andò incontro per salutarla.

Mi riparai gli occhi dal sole e vidi che era Laila.

«Guarda, guarda» disse Bones. «Forse siamo fortunati.»

Laila indicò dietro di sé e Ahmet annuì, ed entrambi si allontanarono in direzione della nave.

«Dovremmo avere qualche minuto» stimò Bones.

Corremmo lungo il sentiero e tornammo dritti nella tomba di Tutangatmon.

Sembrava più grande e più fredda adesso che eravamo lì da soli. I gatti sulle pareti parevano lanciarci occhiatacce sospettose, e io non sapevo bene che fare: se controllare l'ingresso per vedere se arrivava Ahmet o tener d'occhio gli angoli bui nel caso vi si nascondesse qualche mummia.

«Forse è meglio se aspetto fuori e sto di guardia» dissi.

«Non ce n'è bisogno» rispose Bones. Tirò fuori l'orologio dal taschino della camicia. «Sono le tre e mezzo. Un gatto impiega circa sei minuti a passo svelto per arrivare alla nave. Perciò anche se Ahmet torna subito indietro, abbiamo almeno dodici minuti.»

Bones scostò il coperchio del sarcofago e fissammo in

Ritrova nell'immagine di Tutangatmon questi tasselli e scopri le loro coordinate.

A. 

B. 

C. 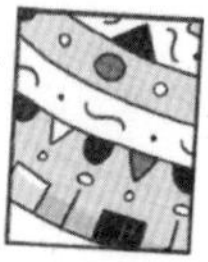

D. 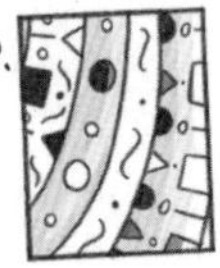

E. 

silenzio la maschera d'oro. Eravamo molto più tranquilli adesso che potevamo ammirarla senza la preoccupazione che Florence l'afferrasse o che Teddy provasse a comprarla. Il volto del re era sereno come se avesse appena finito una ciotola di biscotti e si fosse sistemato in un angolo al sole per un pisolino.

«Abbiamo ancora qualche minuto per vedere cos'altro c'è qui» affermò Bones mettendo a posto il coperchio.

Prese a camminare avanti e indietro per la stanza, esaminando le pareti con la lente d'ingrandimento.

«Andiamo, dai!» dissi. «Quello che volevamo fare l'abbiamo fatto.»

«Che strano» mormorò Bones dando dei colpetti al muro accanto all'enorme statua del gatto. «Suona vuoto.»

Si portò svelto sul lato della statua e le diede una spinta. La statua non si mosse.

«Aiutami» disse.

«Ma sei pazzo?» esclamai. «Hai visto come ha reagito Ahmet quando Florence ha messo mano al vaso. Come pensi che la prenderà se ci becca a spostare statue?»

«Non ci beccherà» rispose Bones.

Sapevo che era inutile discutere con lui quando faceva così: prima lo aiutavo a guardare dietro alla statua, prima saremmo usciti da lì.

Lo raggiunsi dall'altro lato e spingemmo insieme la statua. Solo per muoverla di pochissimo lungo il muro dovetti sforzare tutti i muscoli.

«Lì!» esclamò Bones indicando in basso. «Proprio come sospettavo.»

Nel punto in cui prima la base poggiava contro il muro si apriva un tunnel stretto e basso. Bones si accovacciò e tolse spessi strati di ragnatele in modo da poter guardare all'interno.

«Non è emozionante?» disse. «Siamo i primi animali in migliaia di anni a vedere tutto questo.»

Mi chinai accanto a lui e mentre scrutavo l'oscurità sentii qualcosa dietro di noi: passi felpati e strascicati stavano percorrendo il sentiero verso la tomba. Mi balenò in mente l'immagine di una figura curva ricoperta di bende, e il cuore prese a martellarmi nel petto.

«È la mummia!» strillai. «Sta venendo a prenderci!»

«No, non è lei» sibilò Bones. «Ma potrebbe essere Ahmet, cosa che ci lascerebbe con un sacco di spiegazioni da dare. Entriamo nel tunnel. Dobbiamo solo sperare che non si accorga che la statua è stata spostata.»

Bones si lanciò attraverso le ragnatele e vidi i suoi piedi sparire nell'oscurità. Mi forzai di seguirlo. La polvere era così densa che mi sembrò di infilare la testa in una lettiera.

I passi entrarono nella stanza. Si udì un grugnito, poi il rumore di due pietre che sfregavano insieme.

Un po' di polvere mi si infilò nel naso. Sentii che stavo per starnutire e mi portai una zampa sul naso per bloccarmi.

Fu inutile. Starnutii sul pavimento, alzando una spessa nuvola di polvere che mi andò negli occhi e nelle orecchie.

I passi vennero verso di noi.

«Oh-oh» disse Bones.

Ci fu di nuovo un rumore di sfregamento, stavolta più

forte e proprio dietro di me. Quando la polvere si depositò, mi voltai e vidi che la statua era stata rimessa al suo posto sull'entrata del tunnel.

«Fermo!» urlai. «Siamo qui dentro!»

Cercai di spingerla di lato, ma niente: la statua copriva completamente l'uscita senza lasciare neanche uno spiraglio in cui potessi infilare le zampe. Mi ribaltai sulla schiena e provai a spingerla in avanti a calci. Non mi importava di rompere il prezioso manufatto, volevo solo uscire.

«Ahmet!» gridai. «Torna indietro!»

I passi uscirono di corsa dalla tomba.

«Non sono sicuro che fosse Ahmet» disse Bones. «C'è voluta la forza di entrambi, prima, per sollevare quella statua. Dubito che lui l'abbia spostata da solo.»

Mi sentivo il petto oppresso e facevo fatica a respirare. Le pareti sembravano ancora più strette, come se si stessero richiudendo.

«Non è un buon segno» dissi. «Siamo in trappola!»

«Non proprio» ribatté Bones. «Questo tunnel potrebbe condurci a un'altra via d'uscita. Stiamo a vedere.»

Si mise a gattonare avanti nell'oscurità e io non potei far altro che seguirlo.

Capitolo Sette

Bones accese la torcia. Lo stretto tunnel si era aperto in un'ampia galleria con le pareti di mattoni, un alto soffitto e un pavimento di grosse pietre.

«Guarda qua» mi disse Bones, illuminando la parete di sinistra. Tolse uno spesso strato di polvere fino a svelare un dipinto di un gatto seduto su un trono dorato. «Ahmet impazzirà quando glielo racconteremo.»

«Se mai glielo racconteremo» commentai. «Potremmo rimanere intrappolati qui per sempre.»

La galleria proseguiva davanti a noi, ma non c'era alcun segno di uscita. Sembrava che ci stesse conducendo in profondità sotto l'altura.

«Smettila di preoccuparti» disse Bones, facendo un passo avanti. «Sono certo che riuscir…»

Venne interrotto da una forte vibrazione metallica. Guaì e saltò indietro, facendo urlare anche me.

«Che succede?» domandai. «C'è qualcuno?»

Non sentivo altro che l'eco della mia voce.

«Non c'è nessuno qui» mi disse Bones. «Ma c'è questa.»

Stava esaminando una freccia alla luce della torcia.

«È scoccata dal muro quando ho calpestato una di quelle pietre» continuò a dire, indicando il pavimento davanti a noi. «Se fossi stato più lento, ora sarebbe nella mia gamba destra.»

Mi sentii come se un serpente mi stesse avvolgendo, stritolandomi il petto.

«Dobbiamo tornare indietro e provare a far cadere la statua» affermai. «Non possiamo proseguire e rischiare di venire colpiti da una di quelle cose.»

Tirai fuori dallo zaino la confezione d'emergenza di biscotti. Ne erano rimasti quattordici.

«Abbiamo a malapena abbastanza cibo per un giorno. Cosa facciamo?»

«Per cominciare non facciamoci prendere dal panico» rispose Bones. «Così possiamo pensare lucidamente. Ora, vediamo un po'... Questa freccia serviva a tenere alla larga i visitatori indesiderati. Ma ci dev'essere un modo per attraversare le pietre senza pericolo.»

Perlustrò la parete alla nostra destra con la torcia, mentre con la zampa libera toglieva le ragnatele.

Emersero alcune righe di antiche iscrizioni illustrate.

Bones le scrutò a occhi stretti.

«Supera tre prove per trovare il re» lesse. «Prima prova: scala la piramide.»

«Quale piramide?» chiesi. «Il terreno è completamente piatto.»

«Ottima domanda» rispose lui e toccò la parete. «Forse c'è qualcosa che dobbiamo premere per far apparire una scala segreta.»

Mi accasciai a terra e lasciai andare un lungo sospiro. Come avremmo fatto a capire il significato dell'indizio?

Nella debole luce della torcia notai un dettaglio strano sulle pietre del pavimento davanti a me: tutte avevano qualcosa inciso al centro, ma non riuscivo a distinguere esattamente cosa.

«Bones!» esclamai. «Fai luce quaggiù.»

Bones si chinò e puntò la torcia verso le pietre. Su ciascuna erano state incise delle piccole immagini di cani, uccelli e gatti su due o quattro zampe. «Ma certo!» abbaiò. «L'indizio non si riferisce a una vera e propria piramide, ma alla Piramide d'Importanza che abbiamo visto prima, incisa nella tomba. Quindi, per scalare la piramide, dobbiamo solo ricordarci l'ordine in cui erano disposti gli animali.»

ORDINE DA SEGUIRE:

Aiuta Bones e Catson ad attraversare il pavimento seguendo i simboli nell'ordine mostrato. Puoi muoverti a destra e a sinistra, su e giù, ma non in diagonale.

Balzò su una pietra con al centro l'immagine di un cane.

Mi coprii gli occhi, aspettandomi di sentire un altro colpo e di vederlo che si rotolava in preda al dolore. Ma non successe nulla.

«Dopo c'erano gli uccelli» riprese.

Saltellò su una pietra della fila successiva. Non si mosse nulla.

«Poi i gatti a quattro zampe» continuò a dire, saltando su una pietra della terza fila. «Infine i re e le regine dei gatti.»

Saltò sull'ultima fila e riuscì ad arrivare sano e salvo sul lato opposto.

«Semplice» disse. «Ora tocca a te.»

Bones illuminò le pietre corrette con la torcia e io seguii la luce, preparandomi mentalmente a ricevere una freccia nella coscia.

Balzai a destra, poi ancora a destra, poi a sinistra e infine riuscii ad attraversare.

«Fiuu» sospirai, crollando sulle ginocchia. Ma nel farlo, la mia coda frusciò su una delle pietre sbagliate, e subito una freccia le volò sopra, veloce abbastanza da tosarmi la pelliccia.

Scattai rapida in avanti, come se mi avesse colpita. Potevo solo immaginare il dolore che avrei provato se quella freccia arrugginita mi avesse trafitto la pelle. Bones fece luce di fronte a noi e avanzò molto lentamente.

«Facciamo attenzione adesso» disse. «Ho come la sensazione che non sarà l'unica spiacevole sorpresa della galleria.»

Aveva ragione: dopo qualche passo, di fronte a noi apparve una fossa profonda. Bones si sdraiò a pancia in giù e la illuminò con la torcia.

«Attento» lo avvisai. «Potrebbero esserci altre frecce.»

«Non credo» rispose lui. «Questa è una prova diversa, la seconda delle tre citate sulla parete laggiù. Stavolta il rischio è che potremmo rimanere bloccati nella fossa, senza via d'uscita.»

Mi accovacciai accanto a lui e diedi un'occhiata di sotto. Riuscivo appena a scorgerne il fondo e non c'erano appigli alle pareti. Neanche un campione gattolimpico di balzo in alto sarebbe riuscito a uscire da lì.

C'era però una ciotola di legno su una leva di rame che fuoriusciva dalla parete alla nostra sinistra.

«Secondo te possiamo saltarci sopra e raggiungere l'altra parte?» domandai.

«Non sembra abbastanza resistente» rispose Bones. «Dev'esserci un qualche indizio qui intorno.»

Si alzò e strofinò il muro. Migliaia di antiche particelle di polvere danzarono nella luce della torcia.

«Ecco qui» disse, indicando altri geroglifici. «C'è scritto: "Presenta il tuo dono al re".»

«Che dono?» chiesi. «Dovevamo portarne uno?»

Bones riportò la torcia sulla leva di metallo e sulla ciotola.

«Sembra il piatto di una bilancia» rispose.

Sapevo di aver visto delle bilance di recente, ma mi ci volle qualche istante per ricordarmi dove.

«Come quella del dipinto che abbiamo visto» affermai. «Quando mi hai raccontato di come i sudditi dovevano dare dei biscotti al re.»

«Ma certo!» esclamò Bones. «Si tratta dell'offerta dei dodici biscotti per gatti, che ognuno doveva versare al re. Se metti dodici biscotti nella ciotola riusciremo ad attraversare. Hai detto di averne quattordici, giusto?»

«Ma sono le nostre scorte d'emergenza» risposi. «Moriremo di fame senza.»

«E rimarremo bloccati qui se non li usi» ribatté Bones. «Dove moriremmo di fame anche se avessimo un pacchetto gigantesco.»

Pensai che Bones avesse ragione. Nessuno sarebbe mai venuto a salvarci. L'unica possibilità di salvezza era superare le prove.

Presi i biscotti dallo zaino e mi alzai. La ciotola si trovava

Catson deve mettere esattamente dodici biscotti nella ciotola per poter attraversare la fossa. Quale operazione matematica sulle rocce ha come risultato dodici?

circa a metà della fossa e non sarebbe stato facile farvi atterrare dentro i biscotti.

Bones tese il braccio, illuminandola.

Feci oscillare la zampa avanti e indietro, poi lanciai.

Il biscotto atterrò al centro, ma con troppa forza: slittò oltre il bordo e cadde giù nella fossa.

«Non importa» mi rassicurò Bones, senza distogliere lo sguardo dalla ciotola. «Possiamo permetterci un paio di errori.»

Ci riprovai. Stavolta il biscotto volò in alto, formando un arco, e atterrò al centro del recipiente. Subito si udì uno stridore mentre antichi ingranaggi metallici giravano nelle profondità della parete.

Ripetei lo stesso gesto ancora e ancora, senza sbagliare. Ogni volta la ciotola sprofondava un po' più in basso.

In poco tempo, i biscotti erano impilati quasi fino in cima e me ne rimanevano due.

«Ci siamo quasi» disse Bones. Sembrava fiducioso, ma le sue zampe stavano tremando leggermente, facendo vacillare la luce.

Lanciai il biscotto seguente, che però rimbalzò in cima alla pila e cadde nella fossa.

«Mi dispiace» mormorai.

Feci un respiro profondo. Era rimasto solo un biscotto. Se

avessi sbagliato, saremmo rimasti bloccati in quella galleria per sempre.

«Dai!» esclamò Bones. «Puoi farcela.»

Lanciai il biscotto, che rimbalzò sugli altri, come aveva fatto l'ultimo. Ma questa volta colpì la sponda della ciotola e rimase dentro.

In quell'istante la ciotola si abbassò e si sentì un ronzio meccanico provenire dalla fossa. Si alzarono tre piattaforme di pietra, sollevando un'enorme nuvola di polvere: raggiunsero il livello del suolo, poi ricominciarono immediatamente a sprofondare.

«Veloce!» gridò Bones. «Andiamo.»

Saltò dalla prima piattaforma alla seconda. La terza era già piuttosto in basso quando la raggiunse. Io lo seguii, avventandomi sulle pietre non appena lui le ebbe lasciate.

La terza pietra era ancora più in basso quando toccò a me, ma non mi feci prendere dal panico. Mi accucciai nella posizione di balzo, ondeggiai da un lato all'altro e mi lanciai in aria. Volai oltre il bordo della fossa e atterrai a quattro zampe.

Bones mi aiutò ad alzarmi.

«E così questa era la seconda prova» disse. «Non oso pensare a come sarà l'ultima.»

Capitolo Otto

Avanzammo cauti nella galleria. Bones faceva luce tutt'attorno con la torcia, mentre con l'altra zampa puliva le pareti.

«Ferma!» gridò. «Non fare un altro passo.»

Alla nostra destra si vedevano altre scritte antiche.

«Qui dice: "Ora potete avvicinarvi al re"» spiegò.

«Forse non c'è una terza prova» replicai trotterellando avanti. «Magari possiamo proseguire e basta.»

Bones mi afferrò per la sciarpa e mi tirò indietro.

«Certo che c'è una terza prova» sibilò. «E se ho ragione è la più tosta di tutte. Ti ricordi il disegno del re che abbiamo visto nella prima tomba vuota?»

Tornai indietro con la memoria: il re era seduto sul trono mentre gli altri gatti giravano per il pavimento a quattro zampe – era il loro modo di rendergli omaggio.

«Ma certo!» esclamai. «Dobbiamo metterci carponi!»

Ci abbassammo fino a terra e avanzammo lentamente. Bones fu costretto a muoversi puntandosi sul gomito destro per poter continuare a far luce.

La torcia illuminò qualcosa in lontananza. Quando fummo più vicini mi resi conto che era una lunga cassa dorata.

«Il vero sarcofago di Tutangatmon!» esclamò Bones. «Ecco perché mancava la mummia nel diversivo che ha scoperto Ahmet.»

Mi alzai per vedere meglio. In quell'istante la pietra del pavimento davanti a me si abbassò leggermente. Si udì un cigolio e un rumore di ferraglia, e dalle pareti laterali appena sopra di noi schizzarono fuori all'improvviso degli affilati spuntoni di metallo.

Aiuta Bones e Catson ad arrivare sani e salvi alla fine della galleria camminando a quattro zampe solo sulle pietre che hanno sei lati e sono vicine tra loro. Inizia e finisci su una pietra nera.

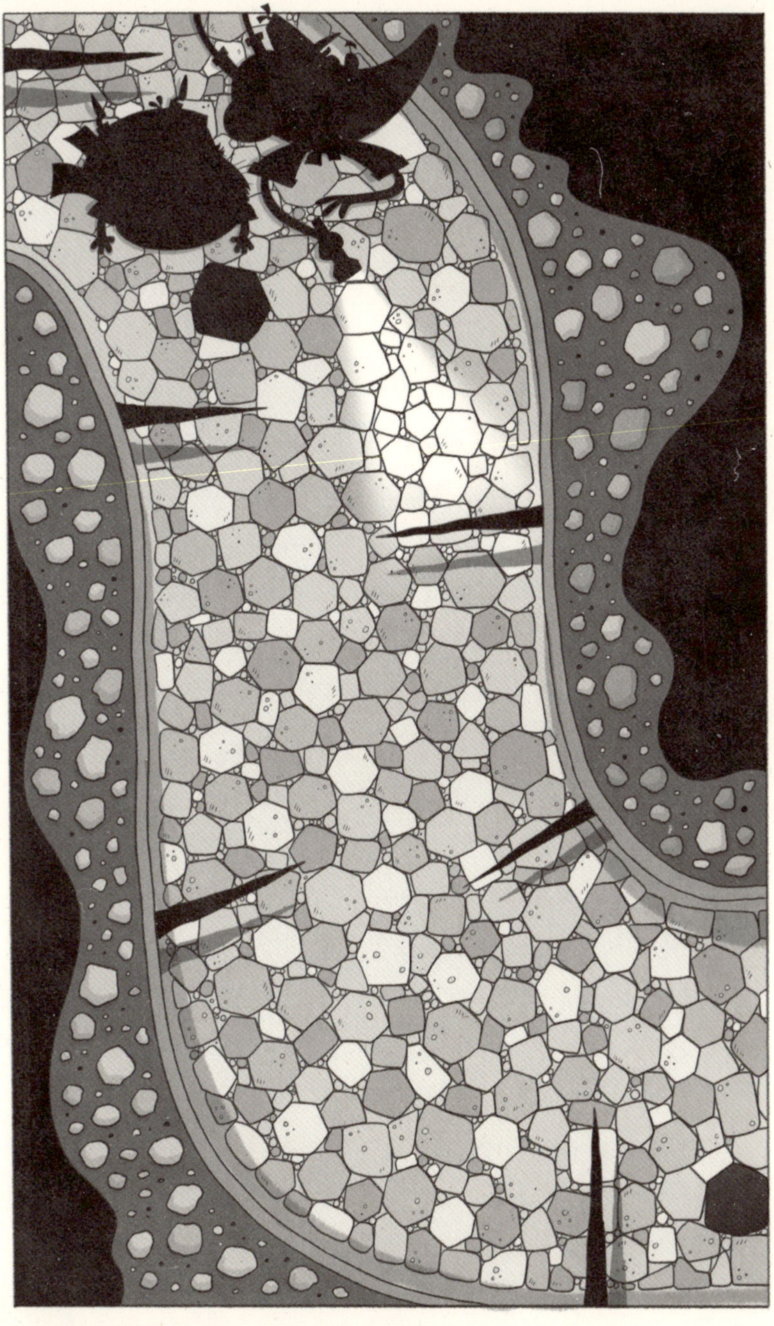

Ci buttammo a terra. Le due serie di spuntoni si fermarono di botto, con le punte quasi a contatto. Mi si contorse lo stomaco pensando a cosa sarebbe successo se fossimo stati presi lì in mezzo.

«E così è per questo che dobbiamo avanzare carponi» disse Bones. «Molto astuto.»

Ci fu uno stridore metallico sotto di noi e il pavimento rombò. Sentii la pietra sotto il mio piede destro cadere e girai di scatto la testa. Dietro di noi era buio, ma le pietre che avevamo appena superato sembrava stessero affondando.

«E a quanto pare non finiscono qui le sorprese!» strillai.

Avanzai velocemente e mi chiesi se non fosse il caso di alzarmi e mettermi a correre, ma un altro gruppo di spuntoni uscì di scatto dalle pareti, poco più avanti. Non potevo far altro che continuare a muovermi a quattro zampe.

Strizzai gli occhi e mi affrettai. Sentivo le pietre traballare sotto di me come denti marci e poi crollare giù alle mie spalle.

Dagli spuntoni mi gocciolavano sulla pelliccia grumi di terra antica, ma non mi fermai per scrollarli via. Dovevo andare avanti.

Alla fine sentii Bones darmi un colpetto sulla spalla.

«Puoi aprire gli occhi adesso» disse. «La prova è finita.»

Stava puntando la torcia sulla porzione di tunnel in cui

eravamo appena passati: il pavimento era scomparso e gli spuntoni stavano rientrando nelle pareti.

Poi la ruotò per mostrarmi dove eravamo finiti. Ci trovavamo in una stanza piccola e circolare. Il sarcofago d'oro poggiava su un'ampia lastra, al centro, e Bones si avvicinò per esaminare le intricate incisioni di zampe e piume che ne decoravano il lato.

«Sono davvero da ammirare questi antichi gatti egizi» disse. «Guarda che dettagli.»

«È difficile ammirare qualcuno che ha appena cercato di farti fuori» replicai alzandomi e sfregandomi via la terra dai baffi.

Bones estrasse la lente d'ingrandimento. La metà superiore del sarcofago era stata modellata in modo da assomigliare al corpo del re, con la testa in alto, i piedi che spuntavano in basso e le zampe incrociate sul petto.

Il volto del faraone sembrava una versione più grande della maschera che Ahmet aveva trovato: aveva lo stesso copricapo decorato con righe di vetro azzurro e gli stessi occhi di smeraldo. Bones scostò appena il coperchio, creando uno spiraglio. Avrei dovuto temere che l'antico faraone ci saltasse addosso, ma dopo quelle tre trappole avevo esaurito la paura: poteva anche balzar fuori un intero esercito di gatti morti viventi e io avrei solo alzato le spalle.

La mummia del re era all'interno, adagiata su una coperta di lino rosso. Giaceva supina con le zampe piegate ed era avvolta in strati di bende scurite dal tempo.

Ora che finalmente la vedevo, non sembrava affatto spaventosa. Mi sentii sciocca per essermi lasciata convincere da Hastings e da Walter che un vecchio mucchietto di ossa e bende potesse magicamente tornare in vita.

Bones rimise a posto il coperchio.

«Abbiamo trovato Tutangatmon» dissi. «Non che lo stessimo realmente cercando. Al momento preferirei trovare piuttosto una via d'uscita.»

Bones illuminò le pareti con la torcia. Eravamo in un vicolo cieco, senza segni di un'entrata o di un passaggio.

«Deve pur esserci qualcosa» disse.

Partendo dalla nostra sinistra, esaminò ogni mattone della parete con la lente d'ingrandimento. Io lo seguivo, soffiando sulla polvere e sulle ragnatele.

Nel farlo disturbai un ragno, che zampettò via e scomparve in un piccolo spazio tra due mattoni.

«Guarda!» dissi.

Infilai la zampa nello spazio e tirai il mattone. E subito una fila di pietre ruotò su se stessa creando stretti appigli che portavano su a una zona scura del soffitto. Un tunnel!

«Eccellente, Catson!» esclamò Bones.

Quale di questi tunnel porterà Bones e Catson fuori dalla tomba?

Serrò la torcia tra i denti e scalammo i pioli, fino a varcare una piccola fessura nel soffitto e ritrovarci in un lungo condotto angusto.

Continuammo ad avanzare per cinque minuti buoni e io cercavo di non pensare a quanto fosse in basso il pavimento.

Mi rendo conto che, in quanto gatto, non ho motivo di avere paura dell'altezza: i gatti atterrano sempre sulle zampe. Una volta mia zia Ruby cadde da una mongolfiera e atterrò sana e salva. Ma persino io avevo la nausea a quella quota.

Poi finalmente Bones si fermò e sentii qualcosa aprirsi scricchiolando. Una luce intensa invase il tunnel e fu un tale choc che per poco non scivolai dai pioli.

Serrai forte gli occhi, poi guardai di nuovo. Bones aveva aperto una porticina circolare e si stava arrampicando fuori, alla luce del sole. Lo seguii e mi resi conto che eravamo sbucati in cima a una delle alture all'estremità opposta della valle.

Ci incamminammo giù per il sentiero tortuoso. In fondo c'era una piccola figura grigia che ci aspettava. Quando fummo più vicini, vidi che era Ahmet.

«Abbiamo grandi notizie per lei» disse Bones mentre gli andavamo incontro.

«E io ho grandi notizie per voi» replicò Ahmet. «Sto per portarvi alla stazione di polizia del Miairo.»

Aveva lo sguardo torvo, le spalle tirate e la coda che si agitava da una parte all'altra.

«Per far cosa?» chiese Bones.

«Per farvi arrestare» rispose Ahmet. «Per aver rubato la maschera di Tutangatmon.»

Capitolo Nove

Scendemmo per il sentiero roccioso verso Ahmet, che indietreggiò con le zampe in alto, come se fossimo dei pericolosi criminali.

«Non abbiamo rubato niente» disse Bones. «Siamo detective professionisti. Passiamo la vita a risolvere crimini, non a commetterli.»

Ahmet indicò la valle, verso la tomba di Tutangatmon.

«La Maschera d'oro è sparita» ci rivelò. «E voi siete gli ultimi animali a essere stati visti entrare nella tomba.»

«Sì, siamo tornati lì per dare un'altra occhiata alla maschera» affermò Bones. «Non ci sembrava giusto rinunciare a causa del comportamento degli altri. Abbiamo spostato la grande statua del gatto, poi quando abbiamo sentito qualcuno arrivare ci siamo nascosti nel tunnel dietro la statua. Ma è tutto ciò di cui siamo colpevoli.»

Ahmet restò senza fiato.

«Un nuovo tunnel?» domandò. «Dovete mostrarmelo subito!»

«Ogni cosa a suo tempo» rispose Bones. «Prima dobbiamo

scoprire chi ha realmente rubato la maschera. Qualcuno è venuto nella tomba e ha rimesso la statua al suo posto, intrappolandoci nel tunnel. Senza dubbio è lo stesso animale che se l'è svignata con la maschera.»

Si sfregò le zampe e sfoderò un gran sorriso. «Bene, bene, bene. Sembra che io abbia un vero caso da risolvere...»

E si precipitò lungo il sentiero come se qualcuno gli avesse appena lanciato una palla. Io lo rincorsi e Ahmet faticò a tenere il passo dietro di noi.

Quando facemmo ritorno alla nave trovammo Teddy, Florence, Annabelle, Gerald, Laila e Walter ad aspettarci sulla passerella del secondo ponte.

Teddy sbuffò e pestò gli zoccoli.

«Sono contento che li abbia catturati» esclamò. «Ora sbattiamoli in prigione.»

«Non abbiamo preso noi la maschera» disse Bones. «E voglio che andiate tutti nella sala così posso capire chi è stato.»

Gli animali sbuffarono e grugnirono, ma Ahmet alzò le zampe per metterli a tacere.

«Per favore, fate come vi dice il cane» affermò. «Dobbiamo andare a fondo della questione.»

Bones entrò a grandi passi nella sala e gli altri si trascinarono dietro di lui.

Mi sedetti a sinistra, insieme a Laila, Ahmet, Annabelle e Gerald. Teddy, Florence e Walter si sedettero dall'altra parte. Bones camminava avanti e indietro nello spazio al centro, con le zampe dietro la schiena.

«Sembra che la nostra breve vacanza sia giunta bruscamente al termine» disse Bones. «Non che mi stia lamentando. Io adoro un bel mistero.»

«Io mi lamento, invece» ribatté Teddy. «Sono venuto qui per vedere le tombe, non per stare rinchiuso in questa stanza rovente a parlare di rapine. Ho visto lei e la sua amica gatta entrare nella tomba poco prima che la maschera sparisse. Come faccio a sapere che non l'avete seppellita da qualche parte e che questa non è altro che una messa in scena?»

«Non può saperlo» rispose Bones. «Ma ha detto lei stesso che si è parlato dei miei casi nel suo paese. Quindi, forse, crederà che in passato ho maneggiato parecchie cose di valore e le ho sempre restituite ai legittimi proprietari.»

Teddy aggrottò la fronte e incrociò le braccia, ma non sollevò ulteriori obiezioni.

«Quindi» continuò Bones. «Chi di voi ha preso la maschera?»

Li scrutò uno per uno. Forse sperava che uno di loro crollasse e confessasse, ma lo fissavano tutti in silenzio.

Teddy lo guardò storto e sbuffò dalle grandi narici. Aveva cercato di comprare la maschera. Poteva aver deciso di rubarla quando aveva scoperto che non era in vendita?

Florence porse a Bones una tazzina da tè vuota, come se si aspettasse che gliela riempisse. Aveva fregato lei la maschera, non riuscendo ancora a capire che non poteva semplicemente prendere quello che voleva, quando voleva?

Walter si raggomitolò e tremò. Era terrorizzato perché il ladro era vicino o perché era lui il ladro e aveva quindi paura di essere scoperto?

Gerald e Annabelle fissarono a loro volta Bones, non rivelando nulla da dietro gli occhiali scuri. Erano così misteriosi e tranquilli perché erano in realtà dei geni del crimine in incognito?

Bones osservò persino Laila e Ahmet. Potevano essere stati loro ad aver progettato segretamente fin dall'inizio di rubare la maschera? Avevano aspettato che si presentasse un gruppo di turisti per scaricare la colpa su di loro?

Non avevo idea di chi fosse stato. Speravo che Bones puntasse il dito contro qualcuno dicendosi stupito che io non avessi saputo risolvere un caso così semplice. E invece continuava solo a camminare avanti e indietro.

«Siamo rimasti intrappolati in un tunnel nella tomba di Tutangatmon poco dopo le tre e mezzo» affermò. «È stato allora che il colpevole ha preso la maschera. A turno, dovete dirmi esattamente cosa stavate facendo in quel momento.»

Tirò fuori taccuino e penna e li consegnò a me. «Scrivi tutto per filo e per segno» mi disse.

Teddy

Dopo esser stati buttati fuori dalla tomba di Tutangatmon da quel gatto maleducato lì, ho vagato per la valle per vedere le altre tombe. Poco prima delle tre e mezzo ho notato lei e la sua amica che vi intrufolavate nella tomba. Forse avrei dovuto cercare Ahmet e dirglielo, ma non mi andava di parlargli, così ho continuato a guardare le tombe vuote.

Florence

Terminata la visita della tomba di Tutangatmon sono andata a vedere le altre. Erano una vergogna totale: senza bar o posti per sedersi. E sarebbero un'attrazione turistica? La scorsa primavera, quando ho visitato la Torre Eiffel, un affascinante cameriere ermellino mi ha servito dell'erba e del gelato alla felce squisiti. Se uno vuol essere competitivo deve impegnarsi di più.

Annabelle

Stavo esplorando le tombe vuote più in là, nella valle.

Gerald

Già. Pure io.

Walter

Alle tre e mezzo ero nella mia cabina, sdraiato sul letto. Io nella tomba non ci volevo entrare proprio: figuriamoci se andavo da solo in quel posto terrificante. Spero solo che, quando verrà a cercare chiunque di voi le abbia rubato la maschera, la mummia stia alla larga da me.

Laila

Ho riportato Ahmet alla nave e siamo saliti nella timoniera così che potesse farmi una lista dettagliata dei suoi ultimi reperti. Lo facciamo ogni volta che vengo in visita, e poi io riferisco tutto al museo del Miairo.

Ahmet

Io ero con Laila, proprio come ha detto. Poco dopo sono tornato alla tomba e ho scoperto che mancava la maschera.

Quando tutti i sospettati ebbero rilasciato le loro dichiarazioni, Bones mi invitò a seguirlo fuori. Si fermò sulla passerella e si mise a rileggere i miei appunti, interrompendosi ogni tanto per guardare la valle.

Dopo qualche momento, Ahmet emerse dalla sala e gli diede un colpetto sulla spalla.

«Non mi sta considerando seriamente come sospettato, vero?» domandò. «Ho dedicato la mia vita ad assicurarmi che i manufatti preziosi andassero a finire nei musei del posto e non nelle zampe di collezionisti privati.»

Bones lo fissò in silenzio per un momento.

«E se un collezionista le avesse fatto un'offerta che non poteva rifiutare?» chiese. «Con un mucchio di turisti da incastrare, sarebbe stato il momento perfetto per accettarla, no?»

«Cosa?» esclamò Ahmet. La sua coda guizzò dietro di lui. «Io non potrei mai...»

Bones alzò la zampa per zittirlo.

«Va bene» disse. «Le credo. Devo solo considerare ogni possibilità, per quanto improbabile.»

Ahmet tirò un sospiro di sollievo e la sua coda si riabbassò.

«Bene» disse. «E se si fida di me, deve togliere anche Laila dalla lista dei sospetti. Siamo stati insieme per tutto il tempo.»

«D'accordo» rispose Bones.

Poi tornò indietro di qualche pagina sul taccuino e lesse nuovamente gli appunti.

«Walter sostiene che anche lui era sulla nave a quell'ora» disse. «Può confermare anche la sua versione?»

«Mi faccia pensare...» rispose Ahmet.

Guardò in alto verso la timoniera e poi in basso verso la sala. Dentro, Teddy stava parlando agli altri, ma attraverso il vetro non riuscivo a sentire cosa stesse dicendo. Immaginai che ne stesse approfittando per promuovere la sua gamma di asciugapelliccia a un pubblico che non poteva sfuggirgli.

«Sì» affermò Ahmet. «In effetti, posso. Eravamo nella timoniera quando Walter ha aperto la porta della sala e ha chiesto a Laila che ore erano. Lei è scesa dalle scale per guardare l'orologio. Erano esattamente le tre e mezzo.»

Bones annotò tutti quei dettagli extra nel taccuino.

«Molto utile» disse. «Allora non può essere stato nemmeno lui nella tomba. Restano quindi Teddy, Florence, Annabelle e Gerald. Ora scopriamo chi di loro è il colpevole.»

2

Capitolo Dieci

Bones ordinò a tutti di rientrare nelle proprie cabine e aspettare di essere interrogati, poi mise Ahmet a guardia del cancelletto d'uscita. Facemmo il giro di tutti i sospettati, cominciando da Teddy nella cabina due.

«Mentre li interrogo, tu guardali attentamente negli occhi» mi disse Bones. «Se qualcuno di loro tiene la maschera in cabina, potrebbe lanciare occhiate involontarie al nascondiglio.»

Bones bussò alla porta di Teddy, ed entrammo.

«Dobbiamo solo verificare alcune cose con lei» disse.

Teddy era sdraiato su un ampio letto che occupava la parte sinistra della cabina. Lungo la parete opposta c'era una scrivania con una sedia accostata. Le sue valigie erano aperte, e dozzine di modelli diversi di asciugapellicce erano sparse in giro.

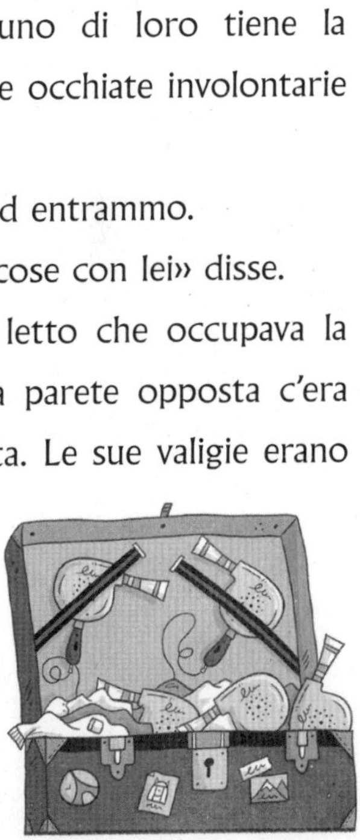

«Voi due non dovreste essere i migliori detective del mondo?» chiese. «E perdete tempo con me? Potete chiedere a chiunque, e tutti

Quanti asciugapellicce ci sono nella cabina di Teddy?

vi diranno che il Re degli Asciugapellicce non avrebbe mai bisogno di rubare.»

«Però ha cercato di comprare la maschera da Ahmet» replicò Bones. «Forse quando lui ha rifiutato, lei è stato tentato di prenderla.»

Teddy scese dal letto e pestò gli zoccoli così forte da far ondeggiare leggermente la nave nell'acqua. Aveva le narici nere dilatate e gli occhi fissi su Bones.

«Ma così non sarebbe più un affare!» esclamò facendo oscillare la coda da una parte all'altra. «Lo scopo di un affare sta tutto nel far scendere l'altro animale a un buon prezzo. E se non ci riesci non puoi mica portarti via la merce e stop. Dove sarebbe il divertimento?»

Teddy aveva l'aria di volerci infilzare con le corna, quindi accompagnai fuori Bones.

«Grazie» dissi. «Ci è stato di grande aiuto.»

Passammo alla cabina uno.

Florence era seduta su una sedia dallo schienale alto accanto allo scrittoio addossato alla parete di fondo. Aveva lasciato tutte le coperte e le lenzuola spiegazzate sul pavimento lì accanto, aspettandosi che una cameriera venisse a riordinarle.

«Vi ho già raccontato la mia versione dei fatti» affermò mentre entravamo. «Quindi adesso rendetevi utili e portatemi una scodella di fango. Ho la pelle secchissima.»

«Non le porteremo via molto tempo» disse Bones. «Abbiamo solo qualche altra domanda.»

Florence si trascinò avanti con la sedia finché non fu di fronte a noi, tirò fuori un ventaglio dalla tasca e se lo agitò davanti al muso. Guardai con attenzione i suoi occhi, ma non guizzarono in alcun luogo sospetto.

«Non ho rubato la maschera» affermò. «Cos'altro vi serve sapere?»

«Non ci arrabbieremo se l'ha presa per sbaglio» disse Bones. «Così come abbiamo lasciato correre quando ha preso la coppa di Teddy. Se ce la ridà subito sono sicuro che Ahmet capirà.»

«Non siate ridicoli» replicò lei. «La maschera non era assolutamente della mia taglia. Cosa me ne sarei fatta? Ora portatemi quel fango. Il mio muso non si laverà da solo.»

La ringraziammo e ce ne andammo. Sapevo che i criminali potevano essere dei bugiardi davvero subdoli, ma sembrava che Teddy e Florence stessero dicendo realmente la verità. E nessuno di loro aveva lanciato sguardi rivelatori verso nascondigli segreti. Mi augurai di avere più fortuna con gli ultimi sospettati. Passammo alla cabina cinque e bussammo alla porta.

«Avanti» disse Annabelle.

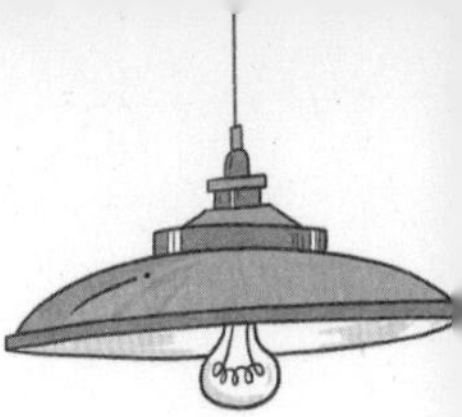

I panda erano sdraiati su un letto che occupava gran parte della cabina. Alla destra del letto c'era una piccola scrivania con tre cassetti.

«Cosa volete?» chiese Gerald.

«Dobbiamo solo verificare con precisione quello che stavate facendo questo pomeriggio» rispose Bones.

«Ve l'abbiamo già detto» disse Annabelle.

«Io non ho nulla da aggiungere alla mia dichiarazione» affermò Gerald. Era difficile stabilire dove stessero guardando con indosso gli occhiali da sole, ma pareva che lanciassero molte occhiate verso la scrivania.

«Dovete cercare di aiutarci» disse Bones. «Non avete rivolto la parola praticamente a nessuno in questo viaggio, e vi siete coperti gli occhi con quegli occhiali scuri. Sembra quasi che cerchiate di nascondervi.»

I panda non dissero nulla, ma era chiaro che Bones avesse toccato un nervo scoperto. Gerald tamburellava le dita sulla sponda del letto mentre Annabelle serrava le zampe a pugno. Lo sguardo di Gerald guizzò verso il cassetto inferiore della scrivania. Fu solo un movimento minuscolo, ma ero certa che si fosse tradito. I panda erano i ladri. Ne ero sicura.

«Non mi sembra che stiate rispondendo alla domanda» dissi. «Quindi lo farò io. Siete entrambi in incognito perché progettavate di rubare la maschera fin dall'inizio e non volete essere riconosciuti. E la maschera scomparsa è proprio qui.»

Mi avvicinai a gran passi al cassetto e lo aprii con forza, convinta di svelare la maschera. Ma il contenuto effettivo si rivelò così strano che non potei fare altro che fissarlo per un momento. Erano grandi fotografie delle star del cinema Lily Blossom e Wade Power.

Trova le tessere che corrispondono esattamente alle foto di Lily Blossom e Wade Power e quelle che invece non corrispondono.

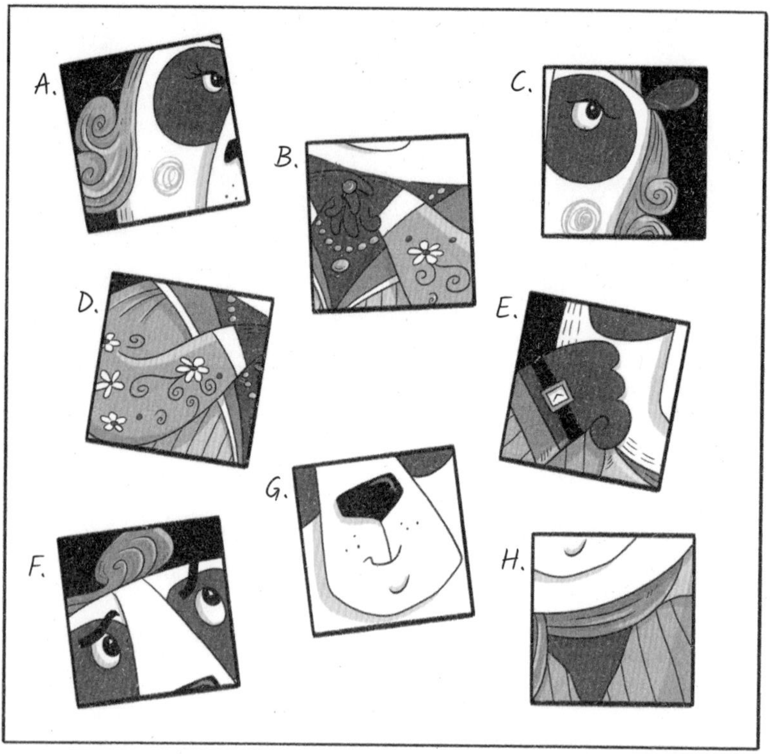

«Voi conoscete questi panda?» domandai sollevando le immagini. «Ho letto tutto su di loro sulla rivista *Miao!*»

«Non li conosciamo solamente» rispose Annabelle, togliendosi gli occhiali. «Quelli siamo proprio noi!»

Anche Gerald si tolse gli occhiali e io sussultai. Ero stata in compagnia di due dei panda più amati al mondo e non me ne ero nemmeno accorta.

Mi lasciai andare a un forte «Yeee!» e battei le zampe. Poi cercai di ricompormi. L'ultima cosa che volevo era sciogliermi davanti ai miei idoli. «Mi spiace avervi dato dei ladri! Sono una vostra grandissima fan. Siete stati entrambi eccezionali in *Il panda che sapeva troppo*.»

Wade si alzò a sedere sul letto tirando in dentro la pancia e raddrizzando le spalle. Ora sì che assomigliava alla creatura vigorosa che avevo visto in tutti quei film d'avventura.

«Non si preoccupi» disse. «E si tenga le foto. Ce le portiamo sempre dietro nel caso in cui i fan ci riconoscano.»

«Ma per favore non riveli a nessun altro la nostra identità» disse Lily. «Dobbiamo restare in incognito se vogliamo passare una vacanza tranquilla come una coppia di animali qualsiasi, senza essere perseguitati da fotografi e reporter.»

«In più, non vogliamo che quel bisonte ci tormenti» aggiunse Wade. «Insisterebbe per farci inserire uno dei suoi pacchiani asciugapellicce nel nostro prossimo film.»

«Avete la mia parola» replicai, infilandomi con cura le foto sotto il braccio.

Mi balzò alla mente l'immagine di Ginger La Marr che avevo visto su *Miao!* e non potei resistere alla tentazione di ottenere qualche pettegolezzo di prima mano.

«Solo un'ultima cosa» dissi. «Ginger La Marr è così

affascinante anche dal vivo?»

Lily sbuffò. «Affascinante? Si rifiuta di indossare un collare antipulci e sul set marca il territorio facendo la pipì ovunque. Mi creda, è fortunata a vederla soltanto e a non doverne sentire l'odore.»

Sentii la coda afflosciarsi. Non sarei più stata in grado di guardare Ginger in uno dei suoi ruoli eleganti e romantici senza immaginarla urinare per tutta la scenografia.

«Grazie comunque» dissi.

Ci trascinammo fuori e chiudemmo la porta.

«E le tue doti di detective che fine hanno fatto?» mi chiese Bones. «Non appena hai capito che erano personaggi famosi, non li hai più considerati come sospettati. È così che il pugile "Orsacchiotto" Dawson è andato avanti impunito a rubare miele per un bel pezzo, ricordi?»

«Non pensi che siano stati davvero loro, no?» chiesi. «Se Lily Blossom e Wade Power sono i ladri della maschera, sarà la più grande storia del secolo.»

«No, non credo siano stati loro» sospirò Bones. «Ma continuo a non avere la più pallida idea di chi sia stato. Per una volta, sono completamente bloccato.»

Miao!

Capitolo Undici

Tornammo nella cabina e Bones tirò fuori dalla valigia il suo osso di gomma e si mise a mordicchiarlo – segno inequivocabile che avevamo a che fare con un caso molto complicato. Mi sdraiai sul letto con la mia copia di *Miao!* Non era più lo stesso ora che sapevo la verità su Ginger La Marr. Chissà com'erano le altre star? Raven West sputava palle di pelo tra una ripresa e l'altra? La scimmia prodigio Champion scagliava la cacca sui cameramen?

Bones camminava avanti e indietro con passo pesante, rosicchiando l'osso di gomma così ferocemente che pensai avrebbe finito per staccarne un pezzo e ingoiarlo.

Prese a sfogliare le pagine del taccuino, leggendo ripetutamente i miei appunti.

Dopo qualche minuto, spalancò la porta e camminò per il ponte. Io lo seguii, sbirciando nei piccoli oblò delle cabine. Speravo di scorgere uno degli animali reggere tra le zampe la maschera, ridacchiando tra sé e sé. Ma non vidi nulla.

«Scoperto qualcosa?» chiese Ahmet quando gli passammo accanto.

Gli oblò delle cabine sono tutti uguali, tranne uno. Riesci a identificare quello leggermente diverso dagli altri?

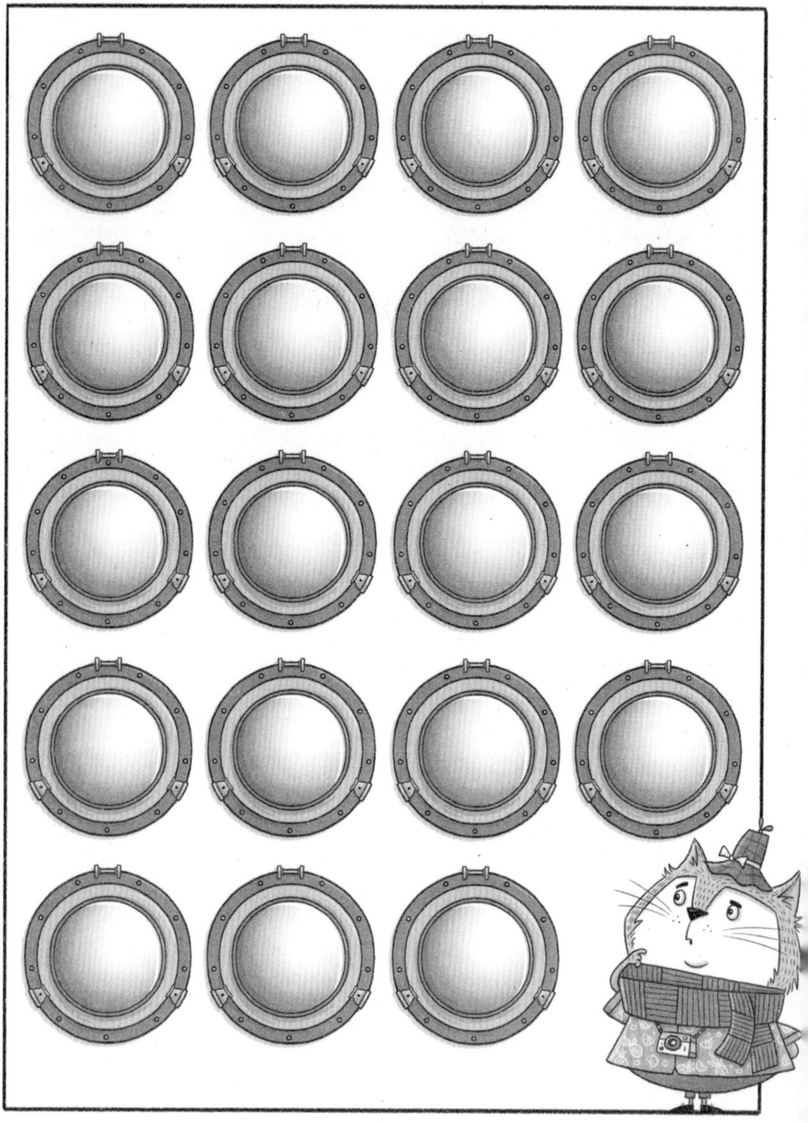

Bones sembrava stesse per rispondergli, ma si bloccò e fissò invece il cancelletto di fronte alla passerella.

«Vieni con me» disse, facendomi cenno di salire le strette scale, e aprì la porta della sala. Non c'era nessuno lì, ma sentivo Laila che lavoricchiava di sopra nella timoniera.

«Mi scusi» urlò Bones. «Potrebbe dirmi che ore sono?»

«Certo» rispose Laila.

La vedemmo scendere rumorosamente dai gradini di metallo e prendere la borsa a tracolla da sopra l'armadio. Ci frugò dentro e tirò fuori l'orologio.

«Sono appena passate le sette» disse. «Saremmo già dovuti partire. Siete più vicini alla soluzione del caso?»

«Sì» rispose Bones. «In effetti, forse ci siamo.»

E un attimo dopo corse di nuovo giù al ponte inferiore e bussò alla porta della cabina tre. Walter aprì, sporse la testa fuori e diede un'occhiata in giro.

«Avete trovato il ladro?» domandò. «Perché in caso contrario preferirei tenere la porta chiusa a chiave.»

Bones fece irruzione nella stanza, spingendolo dentro. Io lo seguii e chiusi la porta alle nostre spalle.

«Forse dopo che avremo parlato» rispose Bones.

C'era un ampio letto sul lato sinistro della cabina, mentre a destra c'era un tavolo con sotto una pila di valigie. Walter saltò sul letto e si rannicchiò dietro le zampe.

«Non fatemi troppe domande» disse. «Non voglio ricordarmi di essere intrappolato sulla nave con un criminale.»

«Cos'ha fatto di preciso dopo aver lasciato il gruppo diretto alla tomba?» domandò Bones.

Walter sbirciò tra le dita tremanti. I suoi occhi guizzarono dalla parte opposta della stanza: sembrava che guardasse una valigia blu malconcia.

«Sono tornato subito qui e mi sono barricato dentro» rispose Walter. «Pensavo fosse il modo migliore per proteggermi dalla mummia.»

Lanciò nuovamente un'occhiata alla valigia, ma poi si bloccò e riportò lo sguardo su di noi.

«Sono rimasto qui per tutto il tempo» disse. «Tranne… Ehi, aspettate un attimo!»

Si raddrizzò e indicò in alto, in direzione della sala.

«Mi sono appena ricordato di una cosa!» esclamò. «Sono andato su nella sala a chiedere l'ora a Laila alle tre e mezzo. È a quell'ora che la maschera è scomparsa. Quindi non è possibile che sia stato io.»

«Sembra effettivamente impossibile» disse Bones. «Eppure ce l'ha fatta.»

Walter lasciò cadere le zampe sui fianchi. Non tremavano più. Tirò indietro le labbra, scoprendo i denti affilati, ed emise un ringhio basso.

Mi precipitai verso la valigia blu e sganciai le chiusure.

Sussultai. Dentro c'era la maschera d'oro, adagiata su una veste nera.

Walter si sollevò sulle zampe, estrasse gli artigli e ruggì. I denti bianchi e affilati risaltarono sulle labbra nere.

«Dammela» disse con una voce profonda che non assomigliava per niente a quella incerta che avevamo sentito finora.

«Mai!» esclamai. «Il suo posto è in un museo.»

Mi strinsi la maschera al petto.

Walter ruggì e balzò su di me.

Capitolo Dodici

Mi scansai di lato, mandandolo a sbattere contro le valigie. Walter si dimenò lì in mezzo, schiacciandone una e squarciandone un'altra.

Cercai Bones con lo sguardo, ma sembrava essere sparito. Non aveva scelto esattamente il momento migliore per abbandonarmi.

Esaminai la stanza per trovare un riparo. C'era uno spazio sotto il letto che sarebbe stato troppo piccolo per il leone. Mi ci infilai a fatica e mi schiacciai contro la parete di fondo, con la maschera sempre stretta.

«Non ti conviene farlo» dissi. «La mummia ti perseguiterà, ricordi?»

«Non ho mai creduto a queste sciocchezze» rispose Walter. «Non ci sarai cascata sul serio?»

Infilò la zampa sotto il letto e i suoi artigli mi mancarono il muso per un baffo. L'anello d'oro era così vicino che riuscivo a distinguere l'occhio di gatto inciso sopra.

«Ridammi la maschera, gattina» sibilò. «Non costringermi a fare a pezzi questa nave.»

Diede una testata contro il letto con una forza tale da far oscillare l'imbarcazione. Chiusi gli occhi e mi preparai per un altro attacco, e invece sentii un tonfo pesante.

«Bel colpo» disse la voce di Bones.

Aprii gli occhi. Walter era disteso sul pavimento vicino al letto, completamente immobile.

«Esci fuori» disse Bones. «Non può più prenderti ora.»

Strisciai fuori, e nel farlo diedi un colpetto a Walter, tanto per essere sicura. Aveva un grosso dardo tranquillante conficcato nella zampa destra.

Laila se ne stava sulla porta, mentre Bones era sul ponte a osservare tutt'intorno.

«Prima volta in assoluto che uso uno di questi cosi» disse lei indicando il dardo. «Anche se sono stata tentata con alcuni passeggeri difficili. Con Florence ci sono andata vicina.»

«Complimenti per averlo tenuto a bada, Catson» commentò Bones. «Quando si sveglierà, se la vedrà con la polizia.»

Uscii dalla cabina, poi Laila sganciò un mazzo di chiavi dalla cintura e chiuse la porta.

Radunammo gli altri nella sala. Prendemmo gli stessi posti di prima e Bones stette di nuovo al centro.

Laila ha una chiave di scorta di ogni cabina.
Riesci ad abbinare le coppie
di chiavi uguali?

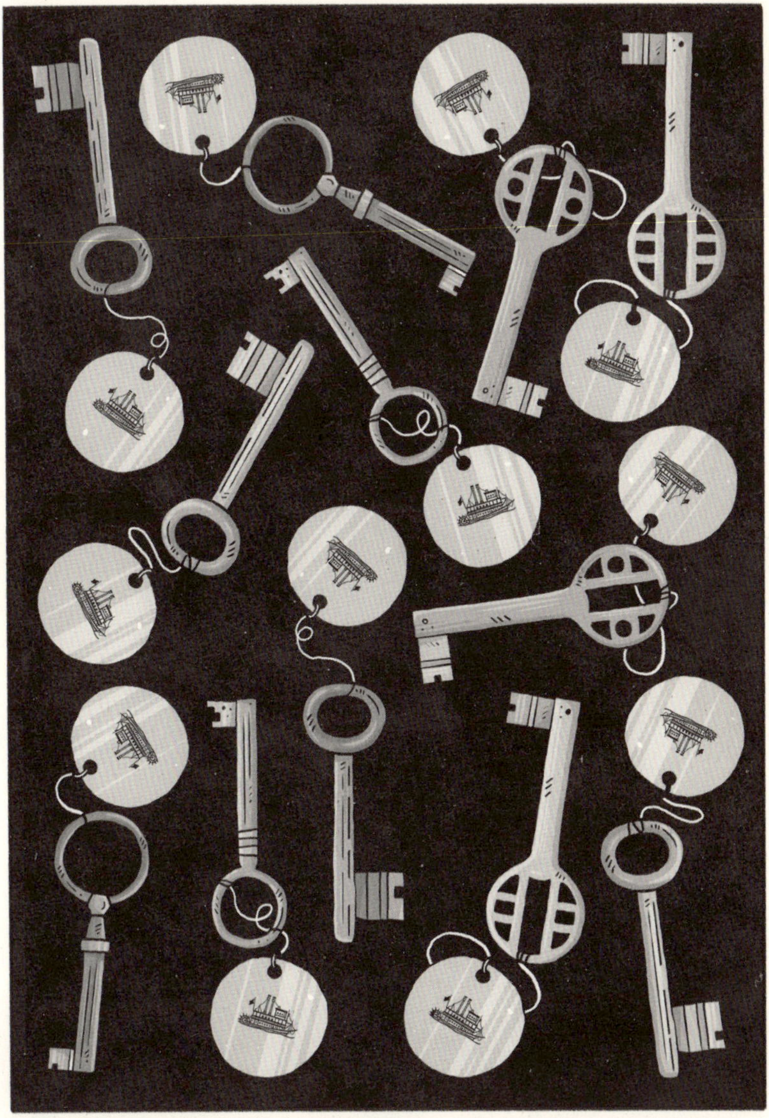

«Grazie a entrambi, davvero» disse Ahmet mentre gli porgevo la maschera. «Per il nostro paese sarete degli eroi. Ma come l'avete capito?»

«È stato un caso complicato» ammise Bones. «Gli unici sospettati che non erano rintracciabili al momento del furto erano Teddy, Florence, Annabelle e Gerald. Li ho interrogati tutti, ma sembravano innocenti.»

«Proprio così» disse Teddy incrociando le zampe. «Io non ruberei mai. Anzi, a volte i miei prezzi sono così bassi che praticamente sono i clienti a derubarmi. Prendete il nuovo modello DeRicci 2600…»

Bones alzò la zampa per zittirlo e riportò l'attenzione su Ahmet.

«Così rimaneva Walter» disse. «Il problema era che lui era rintracciabile:

era sulla nave e ha chiesto l'ora a Laila poco prima del furto. Ci ho pensato e ripensato, ma non riuscivo a trovare una soluzione. È stato solo quando l'ho vista davanti al cancelletto che ho avuto l'illuminazione.»

Bones indicò fuori dal finestrino, verso la valle.

«Mi sono ricordato che Laila ci aveva chiesto di farle vedere gli orologi prima di scendere dalla nave» spiegò. «L'abbiamo fatto tutti, incluso Walter. Quindi che bisogno aveva Walter di chiedere l'ora più tardi? Semplice. Nessuno. Voleva solo che lei e Laila pensaste che fosse sulla nave nel momento in cui il ladro è entrato in azione».

Laila alzò lo zoccolo e Bones si rivolse a lei.

«Ma lui era qui» disse Laila. «L'ho visto con i miei occhi alle tre e mezzo. Come faceva a essere qui e nella tomba allo stesso tempo?»

«Nemmeno io l'avevo capito bene» rispose Bones. «Finché non sono venuto qui a chiederle l'ora. Lei è scesa dalla timoniera per controllare l'orologio nella borsa a tracolla che aveva lasciato incustodita. L'orario che mi ha riferito era dieci minuti indietro rispetto all'ora reale. E questo ha confermato il mio sospetto. Prima di chiederle l'ora, Walter le ha preso l'orologio dalla borsa e l'ha spostato indietro di dieci minuti.»

Laila sussultò.

«Ecco come credo che sia andata oggi» continuò Bones. «Walter ha fatto finta di essere troppo spaventato per entrare nella tomba, depennandosi automaticamente dalla lista dei sospettati del furto che stava segretamente architettando. Quando Ahmet è venuto a trovarla, Walter ha colto l'occasione per fiondarsi nella tomba e prendere la maschera.»

Bones faceva velocemente avanti e indietro a grandi passi.

«Si è sorpreso di sentire qualcuno nel tunnel» continuò a dire. «Ma ha pensato in fretta e ha spostato la statua del gatto, intrappolandoci dentro. Se fossimo rimasti bloccati lì per sempre, avrebbe potuto inventare una storia su di noi che prendevamo la maschera e scappavamo via. Ma doveva comunque coprirsi le spalle nel caso fossimo riusciti a fuggire. Così è ritornato sulla nave, le ha preso l'orologio dalla borsa e lo ha riportato indietro alle tre e mezzo, fornendosi un alibi per l'ora esatta del furto della maschera.»

Teddy sbuffò e pestò gli zoccoli.

«E io che pensavo fosse troppo fifone per avvicinarsi alla tomba» disse. «Beh, si è preso gioco del Re degli Asciugapellicce, e questo non succede tutti giorni.»

«Faceva tutto parte della recita» disse Bones. «E in realtà ha interpretato il ruolo in modo così perfetto che mi sono chiesto chi sia veramente, e per chi lavori. Ho intenzione di chiederglielo una volta che sarà al sicuro nelle zampe della polizia.»

Si rivolse poi a Laila.

«A proposito, faremmo meglio ad andare se vogliamo raggiungere Il Miairo entro domattina» disse.

Laila annuì e salì le scale verso la timoniera.

«Io starò qui con lei» affermò Ahmet. Diede dei colpetti a un lato della maschera. «Devo portare questa in salvo nel museo prima che crei altri problemi.»

Sentii Laila azionare rumorosamente alcune leve sopra di noi, e poco dopo la nave procedeva alla massima velocità. Certo, era la velocità di un bradipo in un ingorgo stradale, e non sembrava il modo più immediato per portare un criminale in prigione, ma almeno ci muovevamo.

«È stato tutto molto faticoso» disse Florence allungando le gambe tozze. «Perciò, chi di voi mi fa un massaggio ai piedi?»

Ci scusammo tutti e ritornammo nelle nostre cabine.

Il mattino seguente mi svegliai al sorgere del sole e vidi che stavamo entrando nel porto del Miairo. Trovai Bones che scrutava nell'oblò della cabina di Walter.

«È ancora fuori combattimento» disse. «Andiamo alla polizia.»

Laila abbassò la passerella e scendemmo a riva.

Eravamo quasi arrivati alla stazione di polizia quando un grido risuonò dietro di noi, seguito da un forte tonfo in acqua.

Corremmo indietro verso la nave, e vidi Laila e Ahmet che ci chiamavano dal ponte. Ahmet si stava strofinando la zampa destra e aveva le guance rigate di lacrime.

«Cos'è successo?» urlai mentre ci avvicinavamo.

«Walter è scappato!» esclamò Laila. Indicò la cabina alle sue spalle. La porta era stata divelta dai cardini e nel legno c'erano segni di artigli.

«Si è ripreso la maschera» singhiozzò Ahmet. Aveva la camicia strappata e graffi sulla zampa. «Ho cercato di fermarlo.»

Laila indicò l'altra sponda, dove una lunga distesa d'erba conduceva a un filare di palme dietro le quali si ergevano degli edifici bianchi.

«È andato da quella parte!» gridò. «Prenda questo.»

Laila passò a Bones un dardo tranquillante e lui lo cacciò nello zaino.

«Forza, Catson!» disse Bones. «Inseguiamolo!»

Bones balzò nel fiume e nuotò a cagnolino verso la riva opposta. Io feci un respiro profondo e mi tuffai dietro di lui.

Completa queste sequenze matematiche per aiutare Bones e Catson a trovare il modo più veloce per raggiungere a nuoto la riva. Il percorso con il totale minore è il più rapido.

A.
B.
C.
10
5
7
+ 2
x 4
+ 23
x 3
+ 6
÷ 3
+ 5
÷ 2
x 4
- 3
+ 11
- 5
= ?
= ?
= ?

Capitolo Tredici

Le impronte fangose di Walter ci avevano condotto a un alto muro di pietra che si estendeva per un intero isolato della città. Dietro, si ergeva un grande edificio a cupola e a metà circa si trovava un grosso cancello, con maniglie dorate a forma di occhio di gatto.

«È qui che ha portato la maschera» disse Bones. «Ma non credo faremo molta strada se bussiamo semplicemente alla porta e chiediamo di restituircela.»

In quel momento, il cancello si aprì cigolando e ne emersero due gatti. Indossavano entrambi una lunga cappa nera, con un ampio cappuccio che lasciava in ombra il muso, e trasportavano grandi borse di stoffa. Sul davanti del cappuccio era ricamato un occhio di gatto dorato.

«Quello è il simbolo che ho visto sull'anello di Walter!» esclamai.

«È quello, sì» confermò Bones. «Non lo riconosco, però.

E sì che pensavo di essere un esperto di simboli segreti.»

I gatti incappucciati attraversarono la strada e sparirono in un vicolo angusto.

«Vediamo che combinano» aggiunse Bones.

Raggiungemmo il vicolo e sbirciammo dietro l'angolo. C'erano tre corde da bucato, che partivano da una piccola lavanderia sulla sinistra, su cui erano appesi dolcevita da giraffa, pigiami da mangusta e calzoni da babbuino.

I gatti lasciarono le borse fuori dalla porta della lavanderia e proseguirono.

«Eccellente» affermò Bones. «Potrebbero fare al caso nostro.»

Sfrecciò a prendere una delle borse e tornò indietro di corsa.

Dentro alla borsa c'erano due mantelli neri. Erano identici a quelli che indossavano i gatti, solo che erano stropicciati e coperti di fango. Bones me ne lanciò uno e si infilò l'altro sopra i vestiti umidi. Gli arrivava appena sopra le ginocchia: non era il più convincente dei travestimenti, ma dovevamo farcelo andare bene.

Aprii il mio, e una gran puzza di cibo per gatti stantio mi colpì le narici.

Riesci a fare ordine in questa pila di panni puzzolenti per capire quanti dei seguenti capi contiene?

«Non posso indossarlo» dissi, sventolando la zampa davanti al naso.

«Mettilo» sibilò Bones. «E fai veloce!»

Trattenni il fiato e mi misi addosso quella roba puzzolente. Poi attraversammo nuovamente la strada, ci tirammo su il cappuccio e bussammo al cancello di ferro. Una guardia gatto, anche lei con il mantello, lo aprì con un gran cigolio.

«Già di ritorno?» domandò.

«Sì» rispose Bones, con voce volutamente roca. «Abbiamo già fatto… ehm… la cosa che dovevamo fare.»

Superammo la guardia, che si girò e lo scrutò.

«Ti si è rimpicciolito il mantello?» chiese.

«Proprio così» rispose Bones. «Non avrei dovuto lavarlo.»

La guardia si sporse in avanti e ci annusò.

«Non sembra che sia stato lavato» disse.

«Lo so» replicò Bones. «E infatti non andrò più in quella lavanderia.»

La guardia ci fissò confusa, ma noi ce ne andammo in fretta, prima che potesse farci altre domande.

Il muro circondava un gigantesco cortile che conduceva a un edificio a cupola.

La facciata dell'edificio aveva un pesante portone di legno su cui era dipinto, con vernice dorata, un occhio di gatto.

Alla sua sinistra, un grosso gong riportava lo stesso simbolo.

Percorremmo un ampio vialetto di pietra. Gatti con mantelle nere erano disposti in gruppi ordinati su entrambi i lati. Alcuni brandivano spade di legno con una sincronia perfetta, altri lanciavano piccole stelle di metallo su bersagli circolari, e altri ancora si avventavano sulla luce della torcia che un istruttore puntava per terra.

«Siamo circondati da centinaia di combattenti addestrati» sussurrò Bones. «Se avvistiamo la maschera, la nostra unica possibilità è afferrarla e scappare.»

«Ma chi sono?» domandai. «E chi è il capo?»

«Non ne ho idea» rispose Bones. «Pensavo che il *Grande libro delle società criminali segrete* le elencasse tutte, ma questa è mi è nuova.»

Il portone di legno si aprì e ne emerse un altro gatto con il mantello. Colpì il gong tre volte, e tutti nel cortile si fermarono, chinarono il capo e si trascinarono in silenzio verso l'edificio a cupola.

«Forse stiamo per scoprirlo» disse Bones.

Ci unimmo a un gruppo di gatti ed entrammo nell'edificio. In fondo c'era un palco con tre scranni dorati, sopra ai quali erano posizionati un riflettore e due grosse aste di legno che reggevano uno striscione con dei geroglifici.

Usa la legenda sottostante per capire cosa dicono i geroglifici sullo striscione. Suggerimento: leggi il codice in verticale, anziché da sinistra a destra.

Sugli scranni erano sedute tre figure incappucciate. Una aveva le dimensioni di un gatto, una era molto più piccola e l'altra molto più grande.

Il simbolo dell'occhio di gatto dorato era dipinto su tutte le pareti e, con motivi a spirale, anche sul soffitto. Guardare in su mi fece girare la testa.

I gatti con il mantello continuarono a entrare dal cortile finché non ci ritrovammo ammassati. Poi la porta si chiuse dietro di noi con un rumore sordo.

La figura alta e il gatto si voltarono verso la figura piccola, alzarono le braccia e si inchinarono. Tutti i gatti del pubblico li imitarono, e noi facemmo altrettanto.

La folla intonò sottovoce un canto, che diceva qualcosa come: "Sebekai... Senebmiu...Yakareb...".

«"Il grande re è tornato", dicono» sussurrò Bones. «Sono convinti che la figura piccola sia la reincarnazione vivente di re Tutangatmon e che porterà grande ricchezza.»

«Certo che sono proprio scemi» affermai.

«È più probabile che gli abbiano fatto il lavaggio del cervello» disse Bones. «Chiunque sia lì al centro si è abilmente introdotto nella loro società, inducendoli a venerarlo.»

La figura alta tirò fuori la maschera di Tutangatmon da sotto il mantello e la sollevò verso la folla. Tutti esultarono e alzarono le zampe in aria.

La figura si abbassò il cappuccio, rivelando una criniera arruffata. Era Walter.

«Proprio come sospettavo» disse Bones. «Ma chi sono gli altri due?»

«Ho riportato la maschera per voi, mio re» affermò Walter.

«Ben fatto» disse la figura piccola incappucciata. La sua voce era acuta e irritante, e sapevo di averla già sentita da qualche parte.

«Consegniamola a lui» disse il gatto. Si sfilò rapido il cappuccio e io rimasi a bocca aperta.

Era il mio vecchio amico, Hastings. I nostri insegnanti ci dicevano sempre che sarebbe finito in un brutto giro, ma non pensavo sarebbe arrivato a tanto.

«Ma certo!» esclamò Bones. «Mi sarei dovuto ricordare che aveva il simbolo dell'occhio di gatto sul medaglione. Il tuo vecchio amico si è cacciato in guai seri.»

«Questo spiega perché era così desideroso di farmi credere alla maledizione» dissi io. «Voleva farci stare lontani dalla tomba, tanto quanto Walter.»

Mi sentii come la micia più stupida in una lettiera piena di idioti. Come avevo potuto credere a una favoletta così ridicola?

Walter consegnò la maschera alla figura piccola.

«Ottimo» disse questa. «Mi hai servito bene.»

Non riuscivo ancora a riconoscere quell'orribile vocina. Aveva qualcosa che mi faceva accapponare la pelliccia.

La figura piccola si tirò indietro il cappuccio e alzò la maschera sopra la sua testa. La folla riprese il canto e si inchinò di nuovo.

Per un momento non riuscii a muovermi o a parlare. Stavo assistendo a qualcosa di impossibile.

La figura piccola sul palco era il criminale più malefico che avessimo mai incontrato. Più e più volte si era rivelato la mente malvagia dietro i nostri casi più difficili.

La figura sotto il cappuccio era Moriratty.

Capitolo Quattordici

Bones ringhiò e si fece largo tra la folla.

«Non farti prendere dalla rabbia» gli dissi, tirandolo indietro.

«Quando si tratta di Moriratty, non c'è un momento da perdere» replicò lui. «Sono anni che non gli siamo così vicini. Se non interveniamo adesso, potremmo non rivederlo mai più.»

Bones aveva ragione. Di solito Moriratty si nascondeva nell'ombra, mentre gli altri mettevano in atto i suoi piani scellerati. Avevamo catturato centinaia dei suoi tirapiedi senza nemmeno riuscire a vederlo di sfuggita. Ora invece era proprio di fronte a noi.

Lo lasciai andare, e Bones riprese a farsi strada tra i gatti incappucciati.

«Cosa faremo esattamente?» chiesi. «Siamo circondati dai suoi seguaci devoti. Dubito che ci lasceranno prendere lui o la maschera senza combattere.»

«Allora combatteremo» disse Bones. «Devo solo tirargli un colpo secco con il dardo tranquillante. Se tu sali sul palco

e crei un diversivo, forse riesco a metterlo KO e a portarlo via approfittando della confusione.»

Anche se Bones fosse riuscito in qualche modo a fuggire con Moriratty, mi avrebbe comunque lasciata sola ad affrontare trecento gatti altamente addestrati al combattimento. Non era il piano più geniale che avesse mai escogitato.

D'altro canto, capivo perché fosse così desideroso di agire. Per quanto improbabile fosse catturare Moriratty, questa poteva essere la nostra unica occasione.

Raggiungemmo il palco e Bones indicò una piccola serie di scalini sul lato.

«Vai!» sibilò.

«Va bene» dissi. «Se non ci rivedremo, è stato bello conoscerti.»

Feci un respiro profondo e salii a gran passi sul palco, come se avessi tutto il diritto di stare lì.

Moriratty si accigliò e fece un balzo indietro. Hastings gli si parò davanti.

«Ciao, Hastings» dissi. «Curioso vederti qui. Si può sapere cosa ci fai in mezzo a questa strana combriccola?»

«Vattene, Catson» rispose lui. «Non sai proprio in che cosa ti stai immischiando.»

«Oh, sì che lo so» dissi rivolgendomi alla folla. «Questo ratto ha ingannato tutti voi facendovi credere che sia la

Quale sagoma corrisponde esattamente a Moriratty?

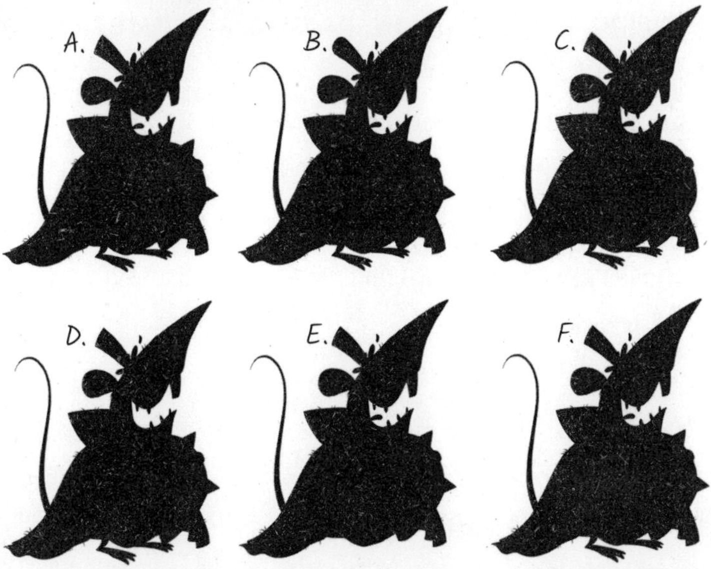

reincarnazione vivente del re. Ma in verità non è altro che un comune criminale.»

Un forte sibilo riecheggiò nello spazio circolare. All'unisono, tutti i gatti gettarono indietro il cappuccio e mostrarono i denti.

«Non ascoltatela!» urlò Hastings. «Moriratty è il re che stavamo aspettando. La profezia l'aveva predetto.»

«Una profezia che senza dubbio hai falsificato proprio come quel finto antiquariato che vendi» dissi.

Mi rivolsi alla folla.

«Lui è il mio vecchio compagno di scuola, Hastings» spiegai. «Non è mai stato affidabile. Caricava dei topolini a molla nella mensa per distrarre gli altri mici e intascarsi il loro pranzo al sacco. E ora si guadagna da vivere fregando i turisti. Probabilmente sta rubando soldi a tutti voi anche adesso, proprio come il suo amico ratto.»

Moriratty puntò il dito scheletrico verso di me.

«Menzogne!» urlò. «Prendetela!»

Walter ruggì e balzò su di me, ma io saltai di lato, facendolo precipitare giù dal palco.

«Muovetevi!» gridò Moriratty. «Catturate l'intrusa!»

Mi arrampicai su una delle aste di legno e mi feci strada con gli artigli fino al centro dello striscione, dondolando spaventosamente avanti e indietro.

Walter ruggì e si lanciò di nuovo verso di me. Ma anche stavolta mi mossi in fretta mentre era in aria, e lui colpì il telo vicino a me. Con il suo peso buttò giù lo striscione, e le aste si schiantarono sul palco.

Walter soffiò e girò su se stesso, ingarbugliandosi nel telo. Quando atterrai sul palco mi accorsi che Hastings mi correva incontro con gli artigli in fuori.

Vidi la sagoma nera di Bones avvicinarsi silenziosamente alle scale con il dardo tra le zampe. Feci girare Hastings intorno a Moriratty nella speranza di distrarlo.

Nella mia visuale vorticosa, vidi Bones avanzare piano. Sollevò il dardo sopra la spalla, ma poi si fermò.

Il ratto era scomparso.

Walter intanto si era rimesso sulle zampe, e così adesso dovevo fuggire da due animali. Mi lanciai in un folle zigzag intorno al fondo del palco mentre loro soffiavano e ruggivano dietro di me.

Mi riportai davanti al palco. Anche Bones sembrava essere svanito.

Lanciai allora un'occhiata alla folla, alle pareti e al soffitto, ma non vedevo segni né di Bones né del ratto. Fu solo quando guardai in basso che capii dov'erano andati.

Moriratty aveva aperto una botola segreta nel palco e Bones l'aveva seguito là sotto. Senza esitare saltai dentro anch'io.

Atterrai all'inizio di un tunnel buio, così stretto che dovetti strisciare avanti con le zampe.

Udii un rumore di polpastrelli pesanti sul palco di sopra, seguito da un forte scricchiolio alle mie spalle. Corsi avanti aspettandomi di sentire delle zampe che mi seguivano, ma non successe nulla. Guardai indietro e vidi Walter. Era bloccato nel condotto sotto la botola, con il muso e una delle zampe incastrati nel tunnel.

«Aiuto!» gridò.

«Spiacente» risposi. «Adesso non mi posso fermare. Spero che la mummia non ti prenda.»

«Non sfuggirai alla Confraternita dell'Occhio d'oro!» urlò. «Siamo ovunque.»

Continuai a percorrere il tunnel, gettando via il mantello

puzzolente e schiacciandomi tra le pareti strette. Mi condusse a un'altra botola di metallo che si apriva sulla strada sul retro del complesso.

L'isolato di fronte a me era pieno di alti edifici con muri bianchi e ingressi ad arco. Al centro si apriva un vicolo, e intravidi Bones che ci si fiondava dentro con il dardo sollevato e il mantello svolazzante.

Attraversai la strada e lo seguii. Le case erano tutte ammassate, a dividerle c'erano soltanto minuscoli spazi in cui erano accatastati casse di legno, parti di vecchie biciclette e mobili rotti.

Alla mia sinistra comparve un altro vicolo, e poco più avanti altri due alla mia destra. Sentivo echeggiare rumori di passi, ma non riuscivo a capire da dove provenissero.

Non era difficile indovinare perché Moriratty avesse condotto Bones lì: quel quartiere sembrava un labirinto, progettato per confondere chiunque vi entrasse.

Guida Catson attraverso il labirinto per fargli raggiungere Bones e Moriratty. Evita tutti gli ostacoli sul percorso.

ARRIVO
→

Da una finestra alta sopra di me fece capolino il muso di una giraffa.

«Mi scusi» dissi. «Ha visto un cane inseguire un ratto da queste parti?»

La giraffa sporse il lungo zoccolo da una finestra più in basso e indicò alla mia sinistra.

«Grazie» dissi.

Mi lanciai in quella direzione, ma presto mi ritrovai a un bivio con un altro vicolo. Scelsi di andare a sinistra e corsi, ma non sapevo se mi stavo avvicinando a Bones e a Moriratty.

Girai a sinistra, poi a destra, poi di nuovo a sinistra, e alla fine mi bloccai: non aveva senso correre se non avevo idea di dove stavo andando. Mi ero fermata a un bivio sforzandomi di riprendere fiato, quando grida soffocate e rumore di passi mi fecero guardare a destra.

Per una frazione di secondo vidi il ratto. Moriratty schizzò fuori da un vicolo ed entrò in un altro. Aveva ancora con sé la maschera, che luccicò brevemente al sole. Bones passò di corsa qualche secondo dopo, sempre con il dardo in mano.

«Fermo!» gridò Bones.

«Mai!» squittì il ratto con la sua orribile voce acuta.

Corsi nel punto in cui li avevo visti, ma il tempo di arrivare e loro se n'erano già andati. Non sapendo cos'altro fare, tornai in fretta verso il bivio. Questa era la nostra miglior occasione per catturare Moriratty e io ero completamente inutile.

«Fermo!» sentii Bones strillare di nuovo.

La sua voce sembrava provenire da destra. Era difficile dirlo con sicurezza, ma era come se avessero girato intorno e stessero tornando indietro verso di me. Aspettai all'angolo, pronta a balzare addosso al ratto.

Avevo ragione. I rumori di passi si stavano avvicinando. Il picchiettio leggero di Moriratty era seguito dal calpestio più pesante di Bones. I passi divennero sempre più forti. Aspettai un altro secondo e poi saltai.

Una delle mie zampe colpì il metallo: quel rattaccio stava usando l'inestimabile maschera per proteggersi. Impassibile, feci scivolare sotto l'altra zampa e lo sollevai. La maschera cadde con un suono fragoroso.

Il ratto si divincolò, liberandosi, ma lo afferrai di nuovo, e questa volta lo tenni con entrambe le zampe intorno alla vita. Me lo tirai vicino al petto, mentre i suoi piedini ciondolavano a terra.

«Lasciami andare» urlò. «Me la pagherai!»

Bones era a pochi passi da noi.

«Ci siamo!» gridò. «Tienilo fermo.»

Il ratto si dimenò contro di me con una forza impressionante per una creatura così piccola.

Bones sollevò all'indietro il dardo e lo scagliò contro Moriratty.

Nel secondo in cui il dardo volò in aria, successero due cose strane. Primo, Moriratty si staccò da me in modo così violento che quasi mi spinse via. Continuai a tenerlo, ma per farlo dovetti chinarmi. Secondo, fui punta da quella che sembrava essere la vespa più grande del mondo.

Guardai in basso. Il dardo mi usciva dalla spalla.

«Ops!» disse Bones. «Cerca solo di tenerlo stretto…»

Il muso ridente del ratto oscillò davanti ai miei occhi come se lottassi contro il bisogno urgente di chiudere le palpebre. Dissi alle mie zampe di continuare a tenere Moriratty, ma sentivo che la stretta si allentava. Bones c'era quasi. Dovevo solo tener duro per un altro secondo.

Poi tutto divenne buio.

Capitolo Quindici

All'inizio riuscivo a sentire soltanto la risata beffarda del ratto. Stavo cadendo in un pozzo senza fine mentre i suoi sghignazzi malvagi riecheggiavano tutt'intorno a me. Specchi storti e deformi rivestivano le pareti dell'abisso, e ogni volta che li guardavo vedevo il muso del ratto invece del mio.

Poi sentii un altro suono. Da principio sembrava distante, ma divenne sempre più forte finché non riuscii a distinguere la parola "svegliati".

Aprii gli occhi. Bones era in piedi accanto a me.

«Mi dispiace per il dardo» disse. «È stato inevitabile.»

In qualche modo, il terreno sotto di me si era trasformato da dura pietra in qualcosa di molto soffice.

La mia bocca era più secca dell'ascella di una mummia egizia, tanto che dovetti tirare fuori le parole a forza.

«Il ratto...» dissi. «Il ratto.»

«Al sicuro dietro le sbarre» rispose Bones. «Insieme a Walter e al tuo vecchio amico Hastings. Nonostante il mio piccolo abbaglio con il dardo, sei riuscita a trattenere

Moriratty finché non l'ho raggiunto. È stato quasi un miracolo.»

Provai a dirgli che in realtà non era niente di che, ma tutto ciò che mi uscì furono dei bassi mormorii.

«Mi sono seduto su quello sfuggente piccolo criminale e ho urlato per chiedere aiuto» aggiunse Bones. «Una giraffa del luogo è stata così gentile da chiamare la polizia. Hanno sbattuto Moriratty in prigione e io ti ho portata qui.»

Mi sollevai sui gomiti. Ero distesa su un letto d'ospedale in una piccola stanza, con una luce intensa in alto. Ahmet era ai piedi del letto e fui sollevata di vedere che aveva recuperato la maschera.

«Grazie a voi, questa finalmente andrà al museo» disse. «Ne ho parlato alla sindaca, e vuole organizzare una cerimonia in vostro onore.»

«Non ce n'è bisogno» dissi. «Combattere il crimine è già una ricompensa.»

«Lei insiste» replicò Ahmet. «Tutti qui al Miairo hanno sentito parlare delle vostre gesta eroiche e vogliono ringraziarvi.»

Dal corridoio giunse un forte rumore di zoccoli e un attimo dopo un'infermiera antilope fece irruzione nella stanza grattando le corna ricurve sulla sommità della porta. A giudicare dai segni sullo stipite, era già successo molte volte.

«Ora lasciate in pace la paziente» disse. «Deve riposare.»

Tirò fuori un termometro dal taschino e me lo ficcò in bocca. Poi scacciò via Bones e Ahmet agitando gli zoccoli.

L'indomani a mezzogiorno, Ahmet e Laila ci guidarono verso un angolo della piazza del mercato, dov'era stato costruito un grande palco di legno. Centinaia di gatti, cani, zebre, iene e gazzelle si erano riuniti lì davanti e vidi anche Teddy, Florence e i panda che aspettavano di lato. I panda indossavano gli occhiali da sole e si stavano fissando i piedi.

Ahmet ci prese per le zampe e ci trascinò avanti per incontrare la sindaca, una gatta senza pelo con un enorme collare che le ciondolava dalle spalle al petto. Al centro era appesa una medaglia d'oro, e rifletteva il sole così intensamente che dovetti distogliere lo sguardo.

«E così sono loro gli eroi?» chiese la sindaca, afferrandomi la zampa e dandole una stretta decisa. «Come siamo stati fortunati ad aver avuto i migliori detective del mondo proprio nel momento del bisogno.»

«Stavamo solo facendo il nostro lavoro» rispose Bones. Le si fece ancora più vicino e abbassò la voce. «Mi deve promettere che porterete Moriratty in un posto da cui non potrà mai più scappare. Ci sarà bisogno della prigione più sicura e delle vostre guardie più toste.»

La sindaca rise e gli diede una pacca sulla spalla.

«Oh, si occuperanno benissimo di lui» replicò. «Si fidi di me.»

Poi si affrettò a salire sul palco e raccolse un megafono. La folla esultò e batté gli zoccoli.

«Grazie di cuore a tutti per essere venuti» disse. «Sono sicura che vorrete unirvi a me nel ringraziare questi animali molto speciali che sono venuti qui da turisti e hanno rinunciato al loro tempo libero per sventare uno dei crimini più diabolici che il nostro paese abbia mai conosciuto.»

La folla abbaiò, ululò, ruggì e applaudì. Stavo per salire sul palco quando Florence e Teddy mi passarono davanti, scansandomi.

Florence strappò l'altoparlante dalle zampe della sindaca.

«Allora, qualcuno mi porta dell'erba?» strillò. «Sono giorni ormai che la chiedo.»

L'applauso si spense e gli abitanti del posto si scambiarono occhiate confuse.

Teddy agguantò l'altoparlante e si mise a camminare con passo pesante per il palco.

«Sono sicuro che tutti voi volete ringraziare Sherlock Bones e la dottoressa Catson per ciò che hanno fatto» disse. «Ma oggi ho un altro importante messaggio da condividere con tutti voi: non dovete vivere con la sofferenza della pelliccia bagnata. Con il mio nuovo Turbo Asciugatore

Una grande folla si è riunita per assistere all'incontro tra Sherlock, Catson e la sindaca. Riesci a scoprire quale animale manca in ognuno dei seguenti gruppi?

Cane Gazzella Gatto Zebra Iena

2200, potete essere pronti in due minuti, e con tanto di garanzia di rimborso...»

Il pubblico si zittì mentre lui continuava la sua trattativa di vendita.

Mi chiesi se Bones si sarebbe precipitato sul palco per interromperlo, ma rimase accanto a me.

«Sembra che ci perderemo il nostro momento di gloria» dissi.

La folla stava diminuendo.

«Io ho già avuto il mio» affermò Bones. «È stato quando ho finalmente messo le zampe su Moriratty. Non m'importa cos'altro succederà ora.»

Alla fine, l'area di fronte al palco si era svuotata, anche se la cosa non sembrò infastidire Teddy, che semplicemente si rivolse a Florence e continuò il suo discorso.

Io e Bones andammo via con Ahmet e Laila.

«Mi dispiace» ci disse Laila. «Non avrei dovuto invitare quei due.»

«Ma vi siamo davvero grati per quanto avete fatto» aggiunse Ahmet. «C'è qualcos'altro che possiamo fare per voi?»

Bones si fermò e fissò in lontananza.

«C'era qualcosa» rispose. «Ma cos'era? Ah già, ecco: vorrei che andaste a dissotterrare il vero sarcofago di Tutangatmon. L'abbiamo trovato alla fine del tunnel dietro la statua del gatto e per raggiungerlo abbiamo dovuto superare tre prove mortali. È d'oro massiccio, perciò penso che le piacerà.»

Ahmet lo fissò con gli occhi spalancati e la bocca aperta. Sembrava incapace di proferire parola.

«Vuol... vuol dire che avete trovato un'intera nuova sezione della tomba?» riuscì infine ad articolare. «E non me l'avete detto?»

«Ho avuto molte cose per la testa» rispose Bones.

Ahmet afferrò lo zoccolo di Laila e la guidò in direzione del porto.

«Dobbiamo tornare lì!» esclamò. «Subito!»

Ed entrambi attraversarono a passo svelto la piazza.

«Entrate dalla botola in cima all'altura!» gli urlò dietro Bones. «Altrimenti potreste trovare delle spiacevoli sorprese!»

Il giorno seguente ci imbarcammo su un grande battello a vapore che ci avrebbe riportati a casa. Invece di camminare su e giù per il ponte e risolvere crimini immaginari, Bones era felice di starsene tranquillo sulla sdraio a contemplare il mare. Non guardava neanche i libri.

Non l'avevo mai visto così rilassato prima d'ora. Purtroppo non potevo dire lo stesso di me.

I giorni precedenti erano stati molto confusi e continuavo a riviverli nella mia mente per cercare di dare un senso al tutto. Un piccolo dettaglio continuava a riaffiorare, ma non ero sicura di averlo visto davvero, perciò non volevo disturbare Bones.

Quando avevamo incontrato la sindaca nella piazza della città e lei ci aveva promesso che si sarebbero occupati "benissimo" di Moriratty, mi era sembrato di aver notato qualcosa di strano sul suo collare. C'era un'immagine incisa al centro della medaglia.

Era un grande, singolo occhio di gatto…

SOLUZIONI

Capitolo Uno

Pagina 9

Pagina 12

La somma dei punti del piatto di Sherlock è 29 (2 + 3 + 3 + 4 + 5 + 6 + 6).

La somma dei punti del piatto di Catson è 26 (1 + 1 + 2 + 3 + 6 + 6 + 7).

La somma dei punti del piatto di Hastings è 31 (1 + 1 + 2 + 3 + 3 + 3 + 5 + 6 + 7).

La pietanza di Hastings è la più piccante.

Capitolo Due

Pagina 18

In base alla descrizione nel testo, Bones e Catson si stanno imbarcando sulla nave F, che ha: tre piani, una gigantesca ruota a pale nella parte posteriore e due fumaioli in alto; il ponte inferiore è fiancheggiato da una fila di cabine, quello centrale ospita un'ampia stanza coperta circondata da una passerella, mentre sul ponte superiore c'è la timoniera.

Pagine 23-24

1) Quattro passeggeri indossano un cappello.
2) Florence porta una collana.
3) Falso: Gerald non ha una camicia a fiori.
4) Florence ha gli occhi chiusi.
5) Walter sembra nervoso.
6) Teddy ha i baffi.

Capitolo Tre

Pagina 32

Gli ingrandimenti A, D e E non corrispondono.

Capitolo Quattro

Pagina 39

Pagina 42

Capitolo Cinque

Pagine 46–47

A = Sherlock
B = Florence
C = Walter
D = Gerald e Annabelle
E = Laila
F = Teddy

Pagina 52

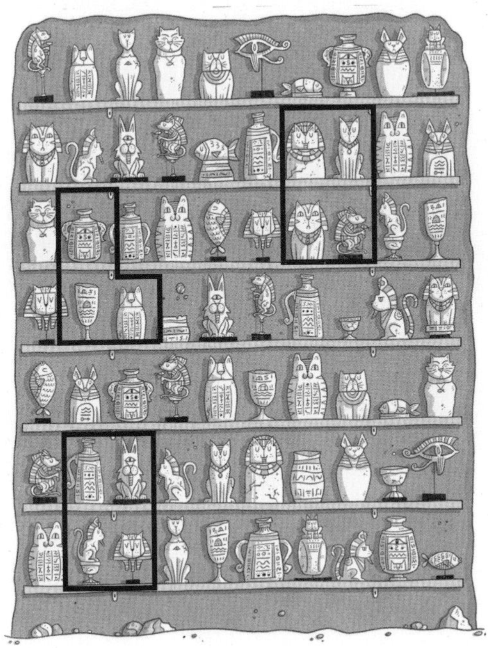

Capitolo Sei

Pagina 62

Pagina 66

A. = 3, G
B. = 5, D
C. = 3, B
D. = 7, C
E = 5, F

Capitolo Sette

Pagine 76–77

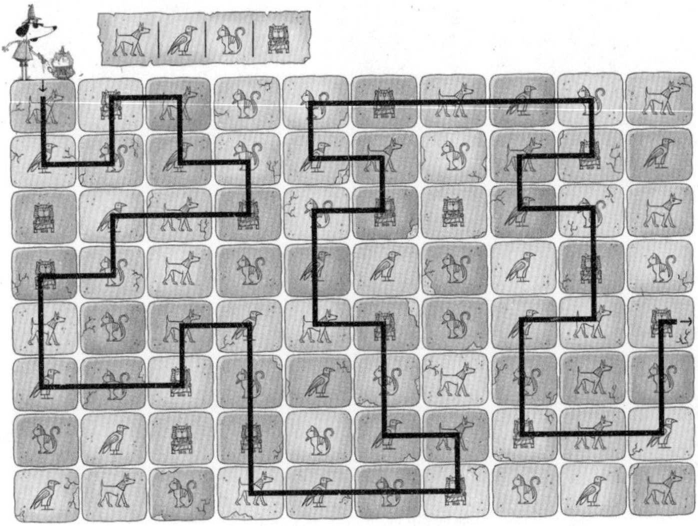

Pagina 81

L'operazione matematica che ha come risultato 12 è 27 - 15.

Ecco i risultati delle altre operazioni:

8 x 5 = 40	3 + 7 = 10
66 ÷ 6 = 11	7 x 4 = 28
31 - 16 = 15	100 ÷ 10 = 10
6 + 5 = 11	

Capitolo Otto

Pagina 87

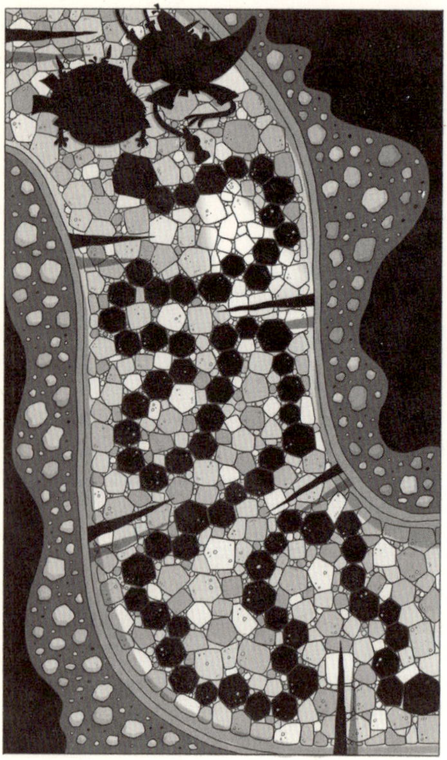

Pagina 91

Capitolo Dieci

Pagina 108

Nella cabina di Teddy ci sono 25 asciugapellicce.

Pagine 112–113

Le tessere A, F, H corrispondono esattamente alle foto.
Le tessere B, C, D, E, G non corrispondono alle foto.

B.

C.

D.

E.

G.

Capitolo Undici

Pagina 120

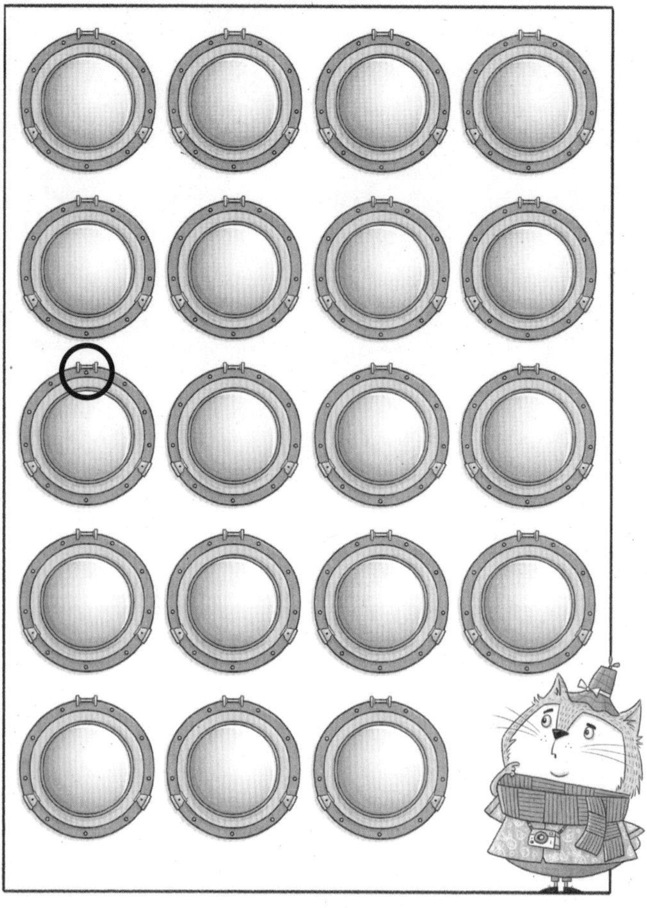

Capitolo Dodici

Pagina 127

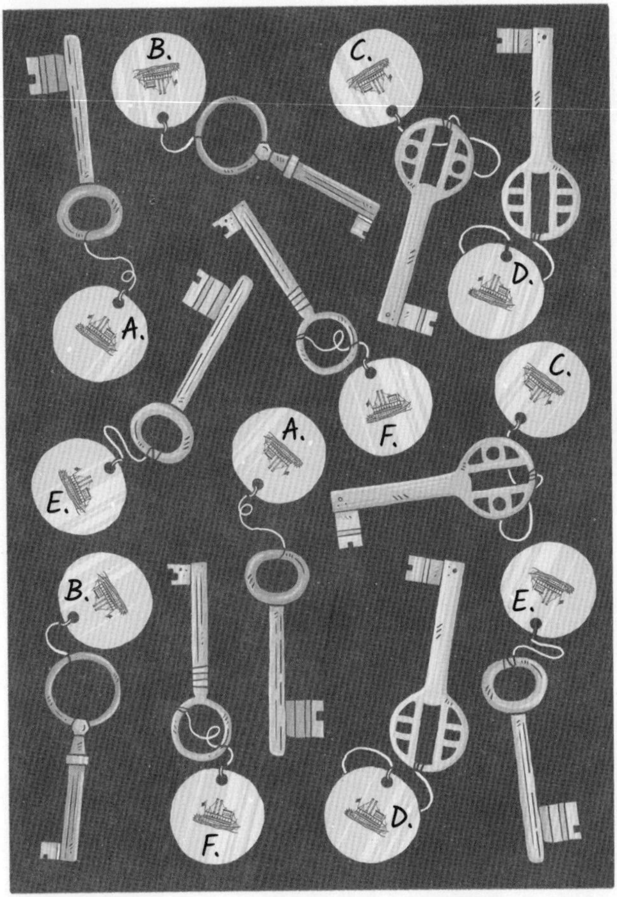

Pagina 135

Il percorso più veloce è il B.

Capitolo Tredici

Pagina 139

13 paia di calzini
8 camicie
2 mantelli
5 calzoni

Pagina 142

Il codice dice: AVE RE DEI RATTI

Capitolo Quattordici

Pagina 149

Pagine 154-155

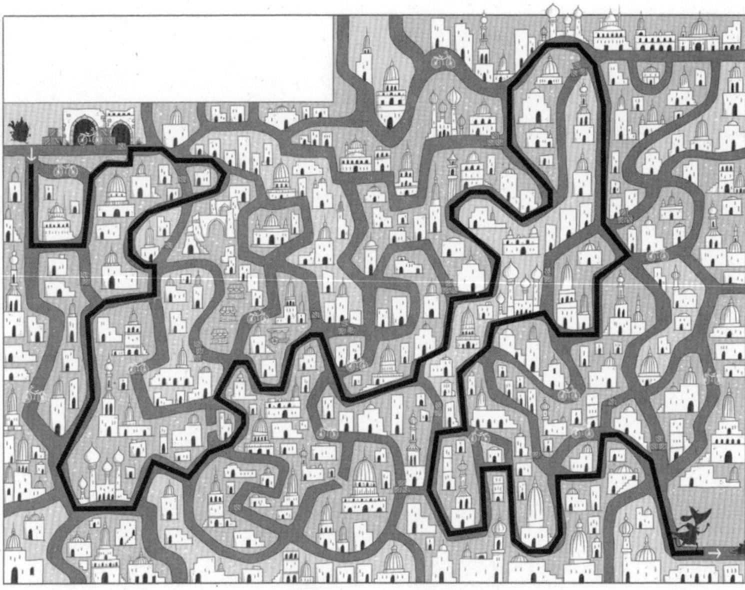

Capitolo Quindici

Pagina 165

A. Zebra

B. Iena

C. Cane

D. Gazzella

Fine!